大人の流儀4

a genuine way of life by Ijuin Shizuka

許す力

伊集院 静

講談社

許す力　大人の流儀4

許す力

許してあげることができない自分をダメな人間だと思う人はたくさんいる。

しかしはたしてそうだろうか。私は許せないものを持つことが人間なのだろうと思う。さらに言えば、人が生きていけば必ず許せないことに出逢うのが、当たり前のことなのではないか。

許すということはとても難しい。

なぜなら、これが許すことです、と決ったかたちがないし、許していたつもりが、何かの拍子に、許せなかった記憶がよみがえり、腹が立ったり相手を憎んだりしてしまうことが多いからだ。

許せないものの大小はあろうが、誰もが許せないことに出逢い、それをかかえている。それが人間である。それが生きることであり、人生である。

許してあげたいと誰しもが思うだろうが、その特効薬はない。

だから私は、許せなくてもいいから、そのことであまり悩んだりせずに、許せないことをそのまま胸の中に置いて懸命に生きた方がいいと提案したい。

いつか許せる日は必ずやってくる。その時に必ず何かが身体の底から湧いてくる。許せないことも、許すことも生きる力になってくれると私は信じている。

二〇一四年三月一日

仙台にて

伊集院静

許す力　大人の流儀4［目次］
a genuine way of life by Ijuin Shizuka contents

第三章

いつ死んでもいい

第四章

やがて去っていく者たちへ

帯写真◉宮本敏明
挿絵◉福山小夜
装丁◉竹内雄二

第一章

許せないならそれでいい

許さなくていい

私は若い時から、他人に対していったん〝許せない〟という感情が湧くと、易々と許すことができない性分である。

五年経っても、十年経っても、その人の名前を聞くと、その時の感情がよみがえる。

そういう私の性格を、母は、男児なのに情無《なさけな》いと嘆いていた。

かと言って、私は、誰某《だれそれ》が許せない、と四六時中思っているわけではない。

むしろ忘れてしまっている方が多いし、その感情がよみがえることなど普段の暮らしの中ではほとんどない。初中後《しょっちゅう》そんなことを考えていたら、生きて行けない。

人間はそういう生きもののはずだ。

異性に対して〝許せない〟と思ったことは一度もない。いや一度ある。大人になってからであるが、その時はさすがに母が察して、その女性に言ったそうである。

「私は息子を、人を羨《うらや》むな、人を決して恨んではいけないと教えて育ててきました。あなたのしていることは息子がその言いつけを否定することになります」

母は普段静かな女性で、激して口から言葉を発する人ではなかったから、おそらく彼女の生涯で一度きりの発言だったと思う。

今はその人もこの世にはないが、それでもあの時の状況がよみがえると感情が騒ぐ。

「もういい加減許してあげないと……」

母の言葉が聞こえるようである。


それは特別なケースで、女、子供に〝許せない〟と思ったことはない。

相手は皆年長の男である。もう大半が亡くなった。人を蔑《さげす》んだり、知人、友人、家族に切ない思いをさせ、非道な行為をした相手である。

よほどのことをなした者たちだ。

私に直接何かをした相手はいない。〝目には目を〟が私のやり方だから、それはない。

だが世の中には〝目には目を〟ができぬ人が大半である。

口惜《くや》しさ、無念を抱いて生きている男女は大勢いる。

だから〝倍返し〟などというバカな言葉が流行するのである。報復は報復を生む。たとえ報復しても気持ちが晴れるわけはない。

ましてや〝許せない相手〟の不幸を願うようなことは最悪である。

では消そうにも消せない感情を抱いてどう生きて行けばいいのか。

私は〝許せない〟という感情は抱くが、それ以上でも以下でもなく生きてきた。それは先述した母の教えが効を奏したのだろう。

「決して人を羨んだり、人を恨んではいけません。そういうことをしていたら哀しみの沼に沈みますよ」

子供の時は彼女が言っている言葉の意味がよくわからなかった。それでも人を羨むな、人を恨むな、と反復しているうちに、そういう感情を抱かなくなっていた。身に付いたのだろう。

そういう心構えは歳月がかかるかもしれない。そうできない人の方が普通だろう。

なら私は、

――許さなくともいいのではないか。それもあなたの生き方だから……。

と思う。

むしろ自分に消すことができない感情があることを個性だと捉えた方がいいかもしれない。

〝許せない〟自分を嫌悪するよりも、

——私という人は、それを許せないの、そういう人だから、フン！（威張ることでもないが……）

くらいでおさめてはどうか。

くよくよするのが、ぐだぐだ思うのが一番心身に悪い。

人はみな許せないことを抱えて生きていく

以前よく遊んでいただいた先輩のMさんから俳句集が届いた。

「おやっ、Mさんが俳句を嗜《たしな》んでいたとは……」

手に取って表紙を眺めた。

バラの花が描いてある。冬のバラか。あっさりとしていい佇《たたず》まいをした面《かお》の句集だ。

時折、句集を送ってもらうことがあるが、佳《よ》いものもあれば、ウ〜ム（資源の無駄使いではないか）というのもある。

俳句という文芸創作はきわめて個人が表出するもので、これが素人の作品となると客観性が欠けて、いったい何を見たのか、想ったのか訳《わけ》のわからないものがある。

「ほうー、Mさんの俳号は〝萬葉〟というのか、大胆だな……」

大胆と思ったのはMさんはどちらかというと仕事の折も、遊びの時も自分を前面に出さない気質《たち》の人だからである。

まずは本を開いて数句を読んだ。

句集は最初の数句で、その句集の大半がわかる。これは小説の数行と同じだ。

長屋門くぐれば白き牡丹かな
教えられ手に触れもして藍の花

——あれっ、こんなに女性的な人だったたか。

と同封の手紙を開けた。

亡くなったMさんの奥さまの句集だった。

そうか、そうだよな。合点がいった。生前夫人は俳句を趣味としていらしたようだ。

残された句を、出版社に勤務していたMさんが編纂し、一冊にまとめたものだった。

Mさんはプロの中のプロの編集者であったから、たとえ最愛の人であっても資源の無駄使いはしない印象があった。

――惚れた弱味か……。

そう思って頁をめくると、おやっ、と思う句もあり、感心させられた。

――そうか、読む価値はありやなしやと悩んでの一冊か。

面白い一句があった。

このところ私が考えあぐねている小問題をよんであった。

許すとは高き姿勢や夾竹桃《きようちくとう》

萬葉なる女性が、何を許して、何を許せなかったかは計ることはできないが（Mさんの遊び過ぎでないことを祈るが）、人が人を許すという行為を、彼女は〝高き姿勢〟として背丈高く伸びた夾竹桃の花と重ねてよんでいる。

人が人を許す行為の中には、どこか人間の傲慢さが漂う。いや漂うのではなく、根底に人が人を上から見る発想があるのではないか。

そう考えると、人や、人の行為を許せないで、いつまでもその人のこころの中に、許せないという感情が残るのは、むしろ人間らしいこころのあり方なのではないかと思う。

新約聖書にはそれまでの宗教の教典とあきらかに違う、人間の行動のとらえ方が登場した。その中のひとつが許すという行動だ。

よく知られる章は、姦淫の現場で捕えられたマグダラのマリアをユダヤの律法学者と民がイエスの前に連れて行く。罪を犯したこの女をどう裁くのか、と迫《せ》まる。イエスは長い沈黙の後に言う。この中で罪を犯したことがない人から彼女に石を投げなさい。民たちは顔を見合わせ、一人、また一人と去って行く。最後にマリアとイエス二人になる。そこでイエスは、誰も石を投げず、誰もいなくなったのなら、私はあなたを許します、と口にする。イエスとて許すという行動には逡巡《しゅんじゅん》があったのである。

許すという行動はかほど繊細な感情を必要とする。ただおぼろではあるが、許すという行動、許すことでそこから何かがはじまることはたしかなような気がする。

〝許すことで起きる活力〟〝許す力〟というものもあるのではないか。

ここまで書くと、M先輩が何か罪を犯して、それが夫人の句になったように思う人があってはいけないので断わっておくが、M先輩は遊び人ではあるが罪は犯していません。

男と女

先日、銀座で働くK子ちゃんと夜の十二時過ぎに、彼女の働く店の近くにある中華料理店へ寄った。
銀座のクラブでは店の営業時間がハネてから女の子と飲みに行くのを〝アフター〟と呼ぶ。たいがいは深夜営業しているクラブ、バーに連れ立って行く。
なぜ〝アフター〟と言うのだろうか？
〝店の後《あと》で〟ってことか。でも英語のＡＦＴＥＲには、〝物を求める〟とか〝他人のものを狙って〟という意味があるから、そっちの方かもしれない。また別の意味では〝驚き〟とか〝困惑〟というのもある。せっかくいろいろとしてやったのに何なのだこの態度はという時に使う。店であれほどシャンパンを抜いたのに、この扱われ方は何だ？　の意味かもしれない。

その中華料理店、T生園は店主とも中国からやって来たコック長と奥さん（店で給仕をなさっている）とも仲良くしてもらっている。夫婦は帰省すると家人へ土産品を買ってきてくれるので恐縮する。コック長は私が顔を出すと、やあっ、と言って必ずポケットからタバコを出し、一本吸ってくれと笑う。これは私にタバコ代がないのではなく、中国の、大人の男同士の礼儀なのである。

店主は暇があると店の前でゴルフスイングをしている。傘や靴ベラを持っての素振りもある。働くことより遊ぶことが大好きな典型的な南の中国人タイプだ。

「君さ、そこでスイングチェックするのは閉店後にしてくれるか。ビールどうしたの？」

K子ちゃんは普段明るいお嬢さんで、笑顔が絶品である。

その夜は珍しく浮かない表情だった。

「どうしたの？　浮かない顔して？」

「ちょっとね」

「彼氏と別れたか？」

「そんなのないって」

銀座のお嬢さんで可愛い娘はまず彼氏がいると考えた方がイイ。

「私、この間、許せないことがあって落ち込んでるの。たいしたことじゃないんだけど、思い出すとやっぱり許せないいんだナ。そういう自分も嫌いなのよね」

何のことかはわからぬが、K子ちゃんのさっぱりした性格なら大丈夫だろうと思った。

そのうちK子ちゃんの大きな瞳から真珠のような涙が一粒零《こぼ》れて頬を伝わった。

店が終って客と二人で出かけて、銀座のお嬢さんが涙を見せるケースはふたつしかない。ひとつは生来よく泣く女のケース。もうひとつは目の前の食べ物が辛過ぎた場合。K子ちゃんが今しがた食べた焼売《しゅうまい》の皿におそろしい量のカラシがあった（この場合後者か）。

「人を許せない自分が情無《なさけな》いのよね。伊集院さんは大人だから、ちゃんと許すのよね」

「いや、まったく許さないよ」

「嘘でしょう？」

「本当だよ。四十年前に起こったことで許せなかった相手のこと、どこかで逢ったらぶン殴ってやろうと思ってる」

「嫌《いや》だあ〜、しつこい男嫌《きら》い」

「何と言われてもかまわん。許せない奴は許せないし、許せない出来事を簡単に許すようじゃダメだと考えてる」

「それって寛大じゃないよ」

「許せないことに寛大も卓袱台《ちゃぶだい》もあるか」

「伊集院さん、少し興奮してます?」

「いや、許せないことの記憶がよみがえるとこんな感じだ」

「じゃ私も許さなくていいんだ」

「私はそう思うよ。ただ許せない状況に自分にも問題はなかったかは考えるよ。こちらにも問題があったら、許す、許さないの対象にはしない。問題なければ墓場まで離さない」

「ワオーッ、しつこいのは大人じゃない」

「そんなことが大人の男の条件なら、大人も、男も放り出すさ」

「なんかそれ聞いて気が楽になった。焼売もうひとつ頼んでイイ?」


私は許せないものを抱えたら、その大半は許さなくていいと思っている。許してあげられない自分を嫌いになる必要もない。

ただひとつ私は〝許せない〟という考えに付帯条件をつけている。〝許せない人〟に関しては、それを口にしないことだ。

逆に歴史の中の事実として許せない場合は別だ。家人とアウシュビッツを見学に行った折、憤りが湧いた。それは口にする。

許すことで何かが始まる

人が人を許すということで、私がずっと胸に仕舞い込んで、時折、その人の淋《さみ》しげな表情を思い出す出来事がある。

今から三十年近く前の出来事である。

当時、私は前妻を癌で亡くし、仕事を休み、酒とギャンブルで日々を過ごしていた。酒や博奕は人間の中の、享楽の部分を刺激するので、嫌なことや、切ないことを考えないで済む。時間を無為に過ごすには、それが一番楽だった。

東京を離れ、故郷に戻り、借金した金を握りしめてギャンブル場へ行き、陽が落ちると酒場

で酔い泥《ど》れていた。

今から考えると、息子のそんな姿を見て、母はどれほど心配していたかと思うし、沈黙して何も言わずに私を見ていた父の心中を思うと申し訳なかったと思う。

父は肉体も、精神も強靱な男であったが、それ以上に切ない思いをしている人間にやさしい人であった。

「伴侶を亡くしたのだ。しばらくは好きなようにさせておきなさい」

父が母にそう言ったという話を聞いたのは何年も経った日のことだった。

たしかに私は落ち込んでいたが、周囲の人が哀れに感じていたとしたら、自分を哀れとか、みじめと思う気持ちはさらさらなかった。

ただ何かをしようという気力がどう踏ん張っても湧いて来なかった。そんな心身の状態は生まれて初めて経験することだった。

——なぜ気力が、活力が起こらないのか。

私にはその理由がわかっていた。妻の死の直後に、それまで私が想像さえしなかった酷《ひど》い言葉を発せられたこともあったが、子供の時から酷い言葉をあびせられたことが何度かあったので、そんなことでまいってしまうほどヤワではなかった。

それでも子供時代である。切なさに母にそれを打ち明けたことが一度あった。

母はしばらく沈黙したのち、こう言った。

「あなたは男の子でしょう。あなたがそれだけ口惜しいと思ったことなら、あなたはそういうことを人に対して一生言わないと決めればいいんです。父さんも母さんもそう決めて生きています」

母の言葉は私が知りたい答えではなかったが、私はそうすべきなのだと思った。ひどい差別や、ひどい中傷はどんな時代もあるし、それが世の中で、それを平然と口にするのが人間という生きものである。

だから他人からあびせられた酷い言葉や態度で、私の身体の芯がこわれることはなかった。

三十数歳の男が踏ん張ってこれからも生きるんだという気力が起こらなかったのは、中傷の言葉も含めてすべてのことが、

——許せなかったのである。

何もかもと書いたが、正確に言えば、妻を死に至らしめた運命を許せなかったのである。

運命に憤った己一人がのうのうと生きることが許せなかったのである。

さて、その心境を、今こうして作家として新しい家族と生きている私を、再生させた男の一言を紹介する。

その人は名前をヤンと言った。

京都の競輪場で声をかけられた。私よりひと回り歳上だった。私のことを知っていた。それがすでに疎《うと》ましかった。同情されると腹が立った。「私、あなたと同じ国の出身でね」それで余計に相手にしなかった。同胞を振りかざすことを潔しとしないで生きてきた。男は半日私につきまとった。私はとうとう声を荒らげた。すると男は言った。「あなたにだけ話しておきたいことがあって声をかけました」。顔を見返すと、左にケロイドが残っていた。

私たちは競輪場裏手の丘に登った。そこで男の話を聞いた。

広島に原爆が投下された日、男は少年で母親と二人でいた。二人して家族を探して死体の山が重なる川べりや焼け跡を歩いた。

「こんな酷いことが起こるなんて……」

母親は悲痛な顔をして少年と二人で歩き続けた。母親は何度も手を合わせていた。

少年はその母親に手を合わせる必要がないと言った。母親は少年が周囲の日本人から苛《いじ》められ、いつも喧嘩し、彼等を憎んでいることを知っていた。だから死体を見て「いい気味だ」と口にした時、母親は少年の頬を叩いた。初めて母親に殴られた。

「何を言うの。この亡くなった人たちがおまえの言うように許せない人たちなら、なぜこの人たちがこんな可哀相な目に遭うの。よく見てみなさい。皆苦しんでるのよ。おまえと同じ弱い人たちなのよ」

三日後にあんなに元気だった母親が死んだ。

私はその話を聞いて男と別れた。

それ以後、二度と逢っていない。もうこの世にいないかもしれない。なぜその男が私にわざわざ声をかけ、その話をしたのか、その時はわからなかった。

今はわかるし、奇妙で、神秘的なものさえ感じる。いつかこの話を子供たちのために小文として書こうと仕舞っておいた。

人が人を許すということで紹介した。

男は別れ際に言った。

「母は自分の命を賭して、少年の私に許すこととは何かを教えてくれたんです」

やがて私は、自分が許せなかったことなど、たかが知れていると思えるようになった。

別れたあとで

母は立ちどまり、今は流れる水も絶えた疎水の跡を見てかすかに微笑んだ。

「この川にあなたが子供の時に自転車と落ちたのを覚えていますか」

私も疎水跡を見てうなずいた。

「ああ覚えているよ。弟も一緒だった」

子供の頃には水勢もあったせいか、ずいぶんと大きな川に思えたが、今見ると跨《また》いでしまえそうな川幅である。

故郷がある人なら皆体験したことがあるはずだが、大人になって子供の時に見た風景、建物を目にすると、そのちいささに驚くものだ。それだけ子供の目線、視界というものが鋭敏というこにもなる。

「購入したばかりの仕事用の自転車だったんですよ、あの自転車」

「覚えているよ。あれから半年、自転車を磨かされたもの……」

自転車が貴重品の時代だった。

どのくらい貴重かというと、母は父と結婚した折、二人で最初の一年を休みなしで働きお金をためて、何かお互いが家に必要なものを買おうと父に言われたという。

「おまえは何がいいと思う?」

母は洋裁学校を出てすぐに父の下に嫁いだのでちいさな声で言った。

「古いミシンを一台買っていただければそれで内職して家計を助けられるのですが」

「ミシンか……。それもいいが自転車はどうだ。中古の自転車を買えばどこへでもおまえと生まれてくる子供を乗せて出かけられるぞ。いいだろう」

二人の話し合いは父の提案がとおった。それでも中古とはいえ自転車は高価であったから、一年半休みなしで働いて我家に入った。

戦前の話である。自転車が家にやってきた夕暮れ、若い父と母はどんなに目をかがやかせて、それを見つめていただろうか。

やがて自転車はトラックに、トラックはセダンに、そして父は船を持ち海運をはじめる。乗り物が大好きな男であった。

「あそこが毛利さま（長州藩）の船倉だったのね。そのむこうのお屋敷が××さんのお宅、こっちは息子さんが早く亡くなられて……」

母は私の数歩前を車を押しながら冬の風の中を歩いて行く。ちいさな背中である。実に五十数年振りに母と散歩した。

「ほらここが〝安保反対！〟の時、警察の機動隊で出て行って怪我をして戻ってきた息子さんのいた電気屋さん。可哀相だったわ」

記憶のたしかさ、あざやかさに驚く。

足の調子が悪い母は生家の周囲を一時間かけて散策し、家の前に着くと岩の上に座って手足を伸ばし、回し、屈伸運動までした。

九十三歳でなお、息子の帰省で車椅子を拒否し、玄関に立って私を迎える元気はどうやら彼女の日々の努力にあるようだ。

生家の前に立ち建物を見上げた。窓は半分が丸窓である。母は窓を指さして笑った。

「ほら父さんの好きな丸い窓……」

父は船が好きで、外国航路の船を持つのが夢だった。夢はかなわなかったが、経営していたダンスホールにも喫茶店にも、そして自宅にも丸窓を備え付けた。

その日、昼寝を終えた母と話をした。

「どんな仕事を今はなさってますか」

母は私の仕事の話を聞くのが好きである。父が生きていた頃は聞けなかった。父は最後まで私が作家をしていることをよく思わなかった。

「男は起業して、人とともに働き、人のためによい仕事をして皆をしあわせにする。おまえの仕事はおまえがよければそれでいい仕事に見える。違うのか」

父は母にも私の仕事について何度も尋ねたという。直接説明もしたが理解しなかった。理解し辛いところに作家の仕事の本質が見えぬでもないし、あやうさがつきまとう。

母はその夕に興味ある話をした。

どうしてそんなことを彼女が急に思い出したのかはわからない。

「子供の時、お父さん（私の祖父）が仕事から家に戻ってみえると、私、桶をかかえて玄関に走って行ったの。するとお父さんが、三和土《たたき》にこうして（母は座って両手足をひろげるような仕草をした）腰をかけられるの。私は潮で濡れた地下足袋のツメを外して、お父さんの足を片方ずつ桶の中に入れて洗ってあげるの。そうしたらお父さんが『ヨウコ（母の名前）にこうしてもらうと天国にいるようじゃ』と大声で言われるの。私はそれが嬉しくて何度も足を洗ったわ……」

初めて聞く話である。

少女の母と、一度も逢ったことのない祖父の姿がおぼろげに冬の灯りの中に浮かんだ。

「あなた大人になられましたね」

「どうして」

「〝人を許す〟と書いてありました」

――いや、そうじゃないんだ。許す人になることも大事かもしれぬと書いたんだが。

「許してもらえたら、その人は本当に嬉しいと思うわ」

「そうなんですか……」

消せない口惜しさ

仙台の自宅から上京する折、私は乗車した電車の席を海側（太平洋側、実際は海は遠くて見えないが）の窓辺に座る。
理由は、見てみたいものがいくつかあるからだ。
それは阿武隈川から近いちいさな池であったり、那須高原の林の中の一本の樫の木、宇都宮駅に近い一軒の民家、大宮の街に入りはじめる手前にある工場だったりする。
——あっ、やっぱり釣り人がいた。思っていたとおりあの池には魚がいるんだ。何が釣れるんだろうか。

——今年はあの樫の木よく葉が茂ってるな。

——いったい何をこしらえる工場なんだろうか……。あっ、工員が煙草を吸ってる。

とたわいもないことである。

海側の席に座る理由は他にもある。

野球場である。それもいくつかの中学校か高校の野球場を見るのが愉しみなのだ。

——おう、今から練習か……。

トンボでグラウンド整備をしている下級生が目に止まると、ガンバレよ、と胸の中でつぶやいてしまう。

今でも、夕暮れ時に少年が一人グローブをして壁にむかってボールを投げている光景を目にすると、陽は暮れ泥《なず》んでいるのにまだボールを投げていたい少年の気持ちが伝わってきて、かつての自分の記憶がよみがえる。

——学校に上がったら野球部に入るんだぞ。

そう声をかけたくなる。

二十歳の少し前まで、野球ばかりをしていた。朝から晩まで、いや就寝前もバットスイングをしていた。

どうしてあんなに夢中になれたのだろうか、と時折、その頃のことを思って首をかしげてしまうが、やはり野球の素晴らしい魅力にとりつかれていたのだろう。

野球をしていたお蔭で、就職もできたし、小説で文学賞をいただいたのも〝社会人野球、街の野球〟が題材だった。

野球というスポーツには不思議な力がいくつもある。草野球にだって奇跡のようなプレーが起きる。


スポーツ新聞で興味あるインタビュー記事を読んだ。

読後、感心し、私が想像していたとおりの選手だったと安堵と嬉しさが湧いた。

清原和博のインタビューである。

私は二十七年前の春、彼が西武ライオンズに入団し、初ホームランを打ったシーンを見て、この選手は日本球界を支えるスラッガーになるだろうと週刊誌の連載エッセイに書いた。

それは選手としての能力もあるが、それ以上にドラフトで起きた桑田真澄との事件を黙って耐え、迎えてくれる球団があるなら、そこへ行くと決めた潔さだった。

そのインタビューの内容は二点あって、ひとつはあの年のドラフトの前後に何があったかが語られている。もう一点は日本のドラフト制度の問題点とウエーバー制度の導入の必要を語っている。

私は銀座でクラブ活動をしている折、時々、彼と逢い話をするようになった。礼儀正しさは驚くほどだ。義理、人情に厚いことが会話の中の言葉でよく伝わってきた。

会話をしていて、この人は相当に繊細な人物だとわかったし、世間が抱いている〝清原番長〟のイメージとは当人の真の気質は違う所にあるのかもしれないと思った。

聡明なのではないか（何を驚かれるや）。たぶん、私の目は間違ってない気がする。

だから私は清原に野球の監督をやらせてみたい。世間が抱いてきた彼の印象とはまったく違う野球を作り出すのではと思っている。

インタビューの中で桑田君のことが語られているが、その言葉に恨みや批難めいたことが感じられないのにも驚いた。

大人になったのである。許したのである。

私も桑田君が早稲田大学の大学院へ入るというニュースを聞いた時、大丈夫なのか、と頭をひねったし、東京大学の野球部の指導にも違和感があった。

その違和感の理由が少しわかった。

私も大学の野球部を身体の故障が理由とはいえ、私が退部することで母校と大学野球部のパイプが切れはしないのかという点だけは心配した。パイプ役を引き受けてくれた先輩に詫びに行くと、大丈夫だ、それより野球部を退《や》めると就職が大変だぞ、と釘を刺された。

　私は桑田君のことを批難しているのではないし、彼はよく頑張っていると思っている。

　どうして急にこのインタビューを彼は受ける気になったのだろうか、と考えた。すると今日がドラフト会議の日であることに気が付いた。若者はフェアーを求めるが、社会は決してフェアーではない。むしろその逆であることを知って、大人の男になるのである。

忘れることができなくて

こういう仕事をしていると、時折、相談事というか、切羽詰って誰にも話せないようなことを、突然、打ち明けられたり、その類《たぐ》いの手紙をもらうことがある。
そんな手紙に返事を書くわけもいかず、だからと言って、捨ててしまうわけにもいかないものが何通かある。
世の中の、作家に対する誤解というのはたいしたもので、小説家がこの世のあらゆることに精通していたり、男女の厄介事、果ては人の生き死に至るまでわかっていると思い込んでいる人がいる。

人間の苦悩、哀しみはたしかに小説の大切なテーマ、肝心の所にあるが、小説家もまたそういうものに対して、悩んだり、戸惑ったりしていると考える人は少ない気がする。

私は週刊誌で、人生相談というか、悩み相談の欄を持っているが、それは洒落というか、半分冗談でやっていることで、見知らぬ人の相談に何かを答えているとはさらさら思っていない。

私は自分のことを他人に相談したことは一度もない。人の相談事も聞かない。

当たり前だ。こちらがどうしたものやらということだらけなのに、他人の相談事に応えられるはずがない。

その手紙の話だが、差し出し人の名前もあり、個人のことなのでそのまま紹介はできないが、何通かの手紙には共通したことがあるので、ここではひとつの例として私がまとめたものを挙げる。

私は最愛の人を亡くし、今、生きる希望が何もなくなり、一日中、その人のことを思って、嘆き悲しんでいる。できることなら、あの人のことを追いかけてあの世に行きたい、死んでしまいたいが、その勇気もなく、そんなことをしてはあの人が悲しむのではないか……。さらに言うと、親の介護があって死ねないとか、子供がいるとか、さまざまであるが、手紙の最後はどうしたらいいのか教えて欲しい、と結ばれている。

こういう手紙を受け取って、これを読み、平静でいられる人はまずいない。

――なぜまた私によこしたんだ……。

と思わぬでもないが、そう思われたのだからしかたないと読むことは読む。

初めの頃は、すぐにでも死んでしまいたい、という文面に少しあわてたが、死ぬという人に限って死ぬ人はまずいない。

さあそれで、私は以下のごとく思うのである。（回答ではありませんよ）

『忘れなさい』


これが本音、結論だが、はい、わかりましたという人はまず一人もいないだろう。

忘れられないのではなく、忘れようにもその人のことが頭の中、身体の中、耳の底にも、目の奥にも、匂いまでが……、消えないのが家族、肉親、近しかった存在というものである。

それ故に忘れなさい、というのは答えにならないのである。そこで、

『時間がクスリになります。それまで踏ん張りなさい』

と応える。そう言っても、

「そうですか、わかりました」

とすぐに言う人もいない。

あなたは私の気持ちがわかってません、と胸の中で大半の人が思っている。


私は前妻を病気で亡くした夜の、内輪の席で彼女の祖父に呼ばれた。

私たちの結婚は皆に賛成されたわけではないが、この祖父だけは心底喜んでくれた。

「何でしょうか」

私が祖父のそばに寄ると、小声で言われた。

「すぐに後添《のちぞ》いを見つけなさい」

「えっ？」

妻は死んだばかりである。まだ隣りの部屋に遺体があった。

「君は若い。人生はこれからだ。あの子のことは忘れてすぐに佳《よ》い人を見つけなさい。わかったね」

「…………」

私は何も答えられなかった。

それから何年も忘れるということができなかった。それは私の身体の中を覗いてみればわかる。今でも消えぬものはあるが、私はそれをいっさい表には出さずに生きてきた。

忘れようとして忘れられるはずがないのが家族、近しい人のことだ。

それでももし私の身近で、あの時の自分と同じ立場の若者がいたら、今の私ははっきり言うだろう。

「君は若い。忘れなさい。新しい生き方をするんだ」

忘れることができないのは承知で、大人は若者に告げなくてはならぬことがあるのだ。

かわらない風景

何年か振りに鎌倉を訪ねた。

二十年振りか……。

訪ねなかった理由はあるが、上手く書けない。敢えて言えば〝風景には残酷な面がある〟というようなところか。

知人の息子さんの結婚式に出席するために出かけた。

知人と書いたが、恩人である。

かれこれ三十数年前、東京で生きるのをあきらめて葉山、逗子でうろうろしていた青二才を

家族のように可愛いがってくれた。

由比ガ浜通りでちいさな鮨店を営む若い夫婦であった。

銀座で修業し、鎌倉に店を出し、懸命に働く人たちだった。

私は、或る晩秋の夜、偶然、その店の前を通り、腹も空いていたので、表の鮨の値段を見て、これなら何とか持ち金で一人前の鮨と酒が飲めそうだと木戸を開けた。

カウンターに小上がりがあるちいさな店であった。カウンターの隅に座り、並の鮨を一人前と酒一本を注文し黙って食べた。

「お近くですか」

「いや逗子の方です」

寒い夜だった。

寒いのは冬に近い海からの風だけではなく、青二才の胸の内もガランとして何もなかった。何ひとつ満足にできないくせに虚勢ばかりを張り、四六時中人とぶつかっていた。

サラリーマンを失格し、家庭をこわし、借金だらけだった。

「もう一本つけましょうか」

「いや持ち合わせがない」

「次にお見えになった時で結構ですよ」

「いや、やめておこう」

逗子までの電車賃しか残っていなかった。

それでもそんなふうに言ってもらえたことが嬉しかった。

カウンターの中の高所に額に入れた一枚の女性の写真が見えた。それは後になって主人のK倉さんの母堂の写真とわかる。この店が開店しようとする日に店の前で交通事故に遭い亡くなられた。息子を一人前の鮨職人に育て店を持たせることが夢であった女性だ。

途中、子供が元気の良い声で入ってきた。どうやらこの夫婦の子供らしい。

やさしく声をかけてもらったことが嬉しくて一ヵ月後にまた訪ねた。その夜は少し手持ちがあったので酒がゆっくり飲めた。

以来、十年近いつき合いになった。海のものとも山のものともつかぬ青二才に夫婦は家族のように接してくれた。鮨代も酒代も取ろうとしなかった。

主人と二人で旅に出かけることもあった。すべての面倒をみてもらった。

その頃、交際していた前妻もこの夫婦のところへ来るのが唯一の愉しみだった。

所帯を持つ折、仲人まで引き受けてもらった。

「新郎は鮨職人になるのが天職だと思いました。電車の中で仲間といる中学生の子供が一人、私を見つけて挨拶したんです。あとになってその子がK花寿司の息子さんとわかりました。仲間といる中学生が店のお客さんにわざわざ挨拶に来てくれる。その時私は本当に感心した。この子は鮨職人になるべくしてなられたのです」

そんないい挨拶を店で一番古い客である八十八歳の御仁がされた。

私が初めて会った時に小学生だった子供が今は四十一歳という。

美しい花嫁であった。四十歳を越えた鮨職人に美しい娘が嫁いでくれた。まだまだ世の中は捨てたものではない。

鎌倉で私と同じ歳で仲の良かった新郎の剣道の先生のOが乾杯の音頭を取った。

新郎のアパートの大家である八百屋のY辰の主人が昔話を面白可笑しくしていた。あの頃、店でよく見かけた日本画家のN先生の夫人の顔もあった。息子さんが同じ日本画家になっていた。私は隣りの席の八幡宮のK宮司に鎌倉の人の消息を聞いていた。

「そうか亡くなったのはTチャンとOの奥さんの二人か……」

披露宴が終り、K倉さんと奥さんに挨拶し、今は元気な母親になっている娘さんたちに声をかけ、鎌倉を出た。

外はすでに春の闇がひろがっており、海岸通りには波音が届いた。

長く住んでいた逗子の海を車が通った。

さまざまなことが思い出されそうで目を閉じた。
かわらない風景というものは、時に残酷な面を持っている。
春が終る。風が薫り、陽差しが強くなればこの辺りの海岸は夏の風景になる。
黙して京浜工業地帯の灯りを見つめた。
仕事もたっぷり残っていたが銀座の灯が見えると運転手のKさんに言った。
「Kさん、どこかで一杯やろう」
今夜は徹夜になるのだろう。

泣いてばかりの人はいない

少し長い東京滞在を終えて、上野から新幹線に乗り仙台にむかった。

夕刻前の日曜日だから電車は混んでいた。

大宮で隣りの席に男が座ってきた。四十歳前後だろうか。席に着くといきなりシートを後方に倒し、足を大きく組んだ。そうしてポケットの中からスマートホーンを取り出しゲームをはじめた。態度の大きさといい、ゲームをする年齢には見えない。

さて目の前にある靴をどう処理すべきか。

チェーンソーでもあれば切って差し上げるのだが……と思った途端、家人の顔が浮かんだ。

耳の奥で声がした。

『くれぐれも思慮に欠けた行動はなさらないで下さいよ。責任ある立場なんですから』

その声と顔が浮かび、私は目の前の靴とゲームに夢中の男の身体付きを見た。まあまあの体格をしているが家人の怖さに比べるとライオンとゴキブリくらいの差はある。

——そうだな。ここは大人に成長した私を見せよう。公共の乗り物だ。バカと隣り合わせることもある。許そう。

私は読みかけの白川静先生の本を読みはじめた。〝古代中国において漢字は人を呪い殺す術でもあった……〟

——へぇ～、そうなのか。

と思った時、本のすぐそばの靴がピクッ、ピクッと動き出した。男を見た。どうやらゲームに合わせて身体が反応しているらしい。それが気になり、本の内容が頭に入らなくなった。

——こいつを漢字で呪い殺してしまうか。

その時、何かの拍子でゲームのＢＧＭとボタンを押す操作音が聞こえ出した。男はそのままゲームを続けている。

『くれぐれも思慮に欠けた行動は……』

それはわかっているさ、と思ったのだが、私の右手が知らぬ間に男のスマートホーンの画面に覆い被さっていた。

男が私を見た。何するんだ、こいつって目だ。私は男から目を離さずに言った。

「ゲームの音が洩れている。消音にしてやってくれるか」

すると男は、ああ、わかったという表情をして謝りもせずうなずいた。

外国人だろうか？　まあいい。私は画面から離した手のひとさし指だけを立てて、男がその指に注目すると、指先でゆっくりと目の前に伸びた男の靴を指ししめして言った。

「この靴を引っ込める気はあるか」

と少し聞き取り易い声で言った。

男はすぐに靴を下ろした。

我ながら大人になったものだ、と思った。


薄闇のひろがった道をタクシーで走り玄関に着くと兄貴の方の犬が座っていた。ぼんやりとこちらを見ている。名前を呼んだ。いつもならもう一匹のバカ犬と近所に迷惑ではと思うほど吠えて迎えるのだが……。

——そうか耳が遠くなっているのだ。

バカ犬が帰宅に気付いて玄関先に飛び出して来て吠え出すと兄の方も吠えはじめた。

私はあらためて兄の犬を見た。たしかに老いてはいる。すると我家に来たばかりの頃、海を見せに行った砂浜でゴムまりのように走り回っていた仔犬の姿が浮かんだ。

またたく間に彼の時間は過ぎていたのだ。

その日の夜半、たまっていた手紙を読みはじめた。届いた手紙の半分は今はこの世にない恩師や友、後輩の家族からだった。

なぜか春から初夏に私が知遇を得た人で亡くなる人が多い。A先生、M先生、編集者のTさん、後輩のテレビのディレクターのO君……。その人たちの家族からの便りだ。

彼等の顔がよみがえってくる。

どうして自分のような者のためにあれほど親身になってくれたのだろうか。

私は自分の過去を振り返ることはない。

しかし自分のために懸命になってくれた人たちのことは忘れないし、彼等がどんなふうに笑い、どんな生き方をしたかはすべて覚えている。

残された家族の方からの手紙に共通しているのは、こんないい加減な男の話を彼等が家族にしてくれていたことである。私が懸命に働く理由の半分は彼等の存在が今なお自分の中に生きているからではないかと思う。

家族を亡くした哀しみは当人にしかわからないものだ。他人が想像してもわかるものではない。家族を亡くしてはじめてわかる。そうしてその時、家族を亡くした人たちでこの世があふれていることを知る。
生きる希望さえ失いかける人もいる。それでもその切なさを皆が乗り越えるのは、時間という薬と、死んだ人に恥かしくない生き方をしようとわかってくるからである。
それでも当人しかわかり得ない哀しみは生涯ついてくる。それが家族の死である。

逢えるなら魂にでもなりたしよ

〈照井翠《みどり》　句集『龍宮』（角川書店刊）より〉

泣いてばかりの人はいない。笑って、怒って、しんみりして、なお平然と人は生きている。

第二章

こんなはずじゃなかった、それが人生

私はただ笑っていた

梅雨模様の曇り空の朝、埼玉の熊谷まで出かけた。

途中、関越自動車道の出口の標識を見ていて懐かしい気持ちになった。東松山、小川町、寄居……、東武東上線の駅名でもある。

今から四十五年前、私はこの沿線の原っぱの真ん中に住んでいた。野火止、平林寺、新座という地名が近くにあった。冬の朝など夜明け方に起きて、平林寺までランニングしたりしていた。

ランニングだけではない。朝靄《あさもや》の立ちこめる美しい寺の境内の隅で腕立伏せや腹筋運動をしていた。腕立伏せなど百回や二百回はへっちゃらだった。

——嘘でしょう?

本当です。

毎夜、銀座のバーの片隅で、前後不覚になっている作家が、武蔵野の朝靄を裂いて走っていたのである。アニメーションの主人公のような感じでしたナ。

ランニングを終えて帰ると、バケツと雑巾を手に便所掃除をし、長い廊下に雑巾を掛け、玄関を掃き、水を撒いたりした。

五十名余りの学生が暮らす寮の一年坊主だった(本当に頭髪は丸坊主だった)。

大学の野球部の寮生活である。

寮のすぐ前にグラウンドがあった。

毎日、朝から夜まで野球ばかりしていた。

四年生は天皇、一年生は石コロと呼ばれた時代である。

正確に言えば、野球部の中で生きていた。

朝食の時は食堂の隅に立って上級生が茶碗を持ち上げれば大声を上げてそばに行き、

「ハイ、シマス」

と言って茶碗を盆で受け取り、お茶を入れて上級生の膳の上に置いた。熱いお茶が好きな上級生もいれば、ぬるいお茶が好きな人もいた。それを忘れてぬるい好きに熱いのを間違えて出すと、アチッの声と同時に茶の入った茶碗を投げつけられた。

六畳の部屋に上級生と二人での生活であった。夜は上級生の蒲団を中央に敷き、下級生は入口のそばに敷いて寝た。綺麗好きの上級生と同じ部屋になると、掃除が終りましたと報告し、上級生が窓の桟を指先でそっと触れ、チリが指に付くと、たしかおまえ掃除が終ったと言ってたよな、と言われた。

上級生のユニホームの洗濯もそうである。山ほどの洗濯物をかかえて一年坊主は洗濯場に集まり、やっちゃいられないな、と愚痴を零《こぼ》していた。唯一の愉しみはすべての雑用を終えた後、寮の門限時間までの一、二時間に寮を離れて一年坊主同士で遊ぶ時だった。

――こんな生活とは思わなかった。

それが皆の共通した思いだった。

早く箸より重いものを持たなくてすむ三年生になりたかった。

ゴルフ場のロビーに初老の男が立っていた。

「やあひさしぶり、四十三年振りか」

「そうだね。懐かしいな……」

頭に白いものが増え体型も変わっているが、たしかにユニホームを着ていた頃の面影はある。何年かに一度やっている野球部の同期たちが集まるゴルフ会に招かれた。

招かれたと書いたのは、私は野球部を二年生の秋に退部したからだ。もう箸より重いものは持たなくてすむ、とわかった時、私は野球部を退部した。

「どうして？　今から楽がはじまるのに」

私の右肘はもう軟骨が変形し使いものにならなかった。その上、少し使うとひどい痛みに襲われた。バッティングはそこそこできたが野手としては失格だった。

もう一点、実家の父親から上京は四年、卒業したら家業を継ぐために戻って来いと命じられていた。残りの二年間で何かを見つけなければと思った。

プロ野球に入団し、退めてから池袋でうどん屋を営むYと数名以外は、あの秋、寮を去って以来だった。

皆一流企業に入社し、定年を迎えたり、関連会社の仕事をしたりしていた。この春、四千人近い社員がいる会社の副社長に就任した者までいた。皆人生を一巡していた。

「やってられないよな」

と泥まみれのユニホームで愚痴を零していた時代が夢の中の出来事に思える。

対明治大学戦の日、神宮球場のベンチにむかう暗い通路で、その日の先発の星野仙一投手（現楽天監督）とすれ違い、礼儀として帽子を脱いで、チワァー（コンニチハのこと）と挨拶すると、ヤカマシーッ、と怒鳴られた。この野郎、人が挨拶してやったのに、と拳を握って振りむくと、背後で、何やっとるんだ、そっちは明治のベンチだろう、と上級生に怒鳴りつけられた。


たまに休日があり、寮の屋上で文学全集を読んでいるとYがのそっとあらわれて、

「おまえ何のためにそんなもの読むんだ？」

と訊く。私はただ笑っていた。

泣くのはよくない

普段世話になっている先輩に言われる。

「伊集院君、近頃の若い者はなっとらんな」

「それは申し訳ありません。若い者を代表してお詫びいたします」

するときょとんとしてから言われる。

「それはジョークかね」

「いや本気でそう思ってるんです。楽天的というか、バカなんでしょうね」

私はストレスというものがほとんどない。

小説家なんだから少しは悩みがあって、憂鬱《ゆううつ》な日々を生きるとかすればいいのだろうが、もう死ぬしかないだろうな、とか私という人間は生きている価値すらない、などという感情は二十、三十代にはあったろうが、或る日、妙な声を耳の奥で聞いた。

『よせよせ、バカがいろいろ考えるな』

——そうか、そうですな……。

それ以来は楽になり、周囲からは極楽トンボのごとく呆《あ》きれられている。

くよくよすると病気になるという。

私はたまに家人や銀座のネエチャンたちから叱られて、反省三日坊主をするくらいで、落ち込むということがない。

先日も親友が亡くなり、いろいろ考えたが、そういう感情は自分の内側であれこれすることで表に出すものではない。それが大人の男である。人前で泣くことを私は善しとしない。泣くのはよくない。麻雀だってナクと点数が半分になる。

そのせいか心臓がたまに様子が悪くなるくらいでたいした病気はない。

年の瀬、大学の野球部の同期で、プロで活躍したYから電話を受けた時は少し驚いた。

「おい、今Tの門病院に入院してるんだ」

「肝臓がおかしいのか」

Yは生体肝移植で生命をながらえた男である。京都のK大学病院のT先生（神の手を持つと呼ばれる）との出逢いがかつて奇跡に近い手術を成功させ、うどん屋に立っている。

「いや脳の中に血瘤が偶然見つかって手術した。危ない所だったらしい」

「おまえ相変らず運がいいな」

「まったくそうだ」

毎年一度海外でのゴルフ番組に一人で淋しくプレーする私に一日だけつき合ってくれる、テレビ局の美人妻のOチャンも脳梗塞で入院したことがニュースになった。幸い症状は軽かった。ご主人の名コーチはさぞ心配なさっただろう。

——何だか周りに脳の病気が多くないか。


私の家系は、父が九十一歳まで生き、母は今九十一歳で田舎でなお元気である。だから私も長生きという論理は成立しないが、バカみたいに飲んだり喰ったりしなきゃ普通の年齢で死ねるようにも思う。

私は四十歳を過ぎてから魚と野菜（これは嘘。私はトマトとレタスとニンジンとピーマンが嫌いだ）しか食べない。父は肉が大好物で見ていてライオンか、と弟と話したことがあるほどだ。

ガキの頃、弟に「オフクロは?」「よいライオン」「オヤジは?」「悪いライオン」「ヨオーッシ」とほざいていた。後年、父の真の価値をバカ息子は知るが。

その父が今の私と同年齢の時、散歩の途中で脳梗塞でしゃがみ込み、病院へ行きしばらく左手の自由がきかなかった。薬を飲んで何とか治して、晩年はその気配はなかった。

これが唯一父の病いで、私にも起こり得ると考えることが、この頃、時折ある。仕事で疲れたり、睡眠不足、酒の摂り過ぎが続くと言葉がもどかしくなったり、突然、首から上が熱を持ち、眩暈《めまい》もあった。

父から言われたいくつかのひとつ。

「おまえ頭の中は自分でどうしようもないから気を付けろ。それに人はあてにならんから」

と言うのは父が生家から500メートル先の公園でフラッとして、いかん(当人曰《いわ》く)とその場にしゃがみ込んだ。どうしたんだ? 初めてのことであわてた。すぐにあおむけになったらしい。すると近くのベンチに脳梗塞から退院し、それでなくとも普段から少し物事の対処がゆっくりな老人がいたらしい。父が彼を呼ぼうとすると、その人は父の隣りにいきなりあおむけになり、「大将(田舎ではそう呼ぶ)、何が見えますかの」

母かお手伝いを呼んでこいと言おうとしたがこいつでは話にならんと思った。次に自転車の呼鈴がして近所の顔見知りの昔は遊び人で今は少しボケてるオヤジが、二人並んで空を見ている父に気付き、「大将、どうかされましたか」と訊いた。こちらはまだまともである。父は「すぐわしの家の者を（いや留守かもしれんナ）、そこの燃料店の誰かをすぐに呼んで来てくれ」

「燃料屋の誰を呼んだらええですかの」

「誰でもいい。早くしろ」

「はい。大将？」

「何だ？」

「煙草を買って来てからでもええですか」

父は目を閉じてうなずいたらしい。

人はあてにならないとはこのことだった。

四十年前の記憶

台風の余波の熱風の中で仕事をしている。

東京は、これが十月かという街の風だ。

一昨夜からホテルの部屋で、テレビの気象情報を点けっ放しで原稿を書いた。

台風の情報である。秋台風が私の生家のある中国地方、山口県のすぐそばを通過したからである。生家は海のすぐそばにある。子供の頃は庭先から走り出し、数分もかからずに海へ飛び込んだ。入江のそばに家があった。入江は江戸期に長州藩、毛利水軍が御舟倉《おふなぐら》という軍船《いくさぶね》の待機所のために堅固なものを作った。

昔はこの海辺を三田尻《みたじり》と総称した。

戦艦大和が沖縄にむけてあの悲劇の出航をし、最後の打電を傍受されても解読できないように〝三田尻沖通過〟と送電した。

海軍なら三田尻の名前は皆知っている。日本の水軍の歴史で必ず学んだからだ。勇ましい話に聞こえるが国家にとって大切な大人の男、若者を死の旅に出航させた折の逸話だ。


戦争は人の生命を道具とする。それが当たり前のごとく軍部は考え、連勝なら国民までが浮かれる。日清、日露戦争の連勝の後、日本人の大半が浮かれはしゃいだのである。

太平洋戦争は日本の世論が支持し、日本人の大半が兵士の死を望んだのである。その中に勿論マスコミもいた。ジャーナリストの大半が戦争やむなしと口にした。

あの時、戦争突入を決定し、天皇に進言した男たちは実は戦争が何たるかを知らない連中だった。軍人も政治家もそれを知らないのだから悲劇の想像すらできるはずがない。

今も〝集団的自衛権〟を法制化しようとする政治家は知らぬどころか歴史をまともに学んできていない。

先日、〝九条の会〟が声明文を出したが、ほとんどのマスコミはゴマ粒のような記事しか載せなかった。

父からこういう話を聞いた。

「戦争は飯を食べてたり、子供の御出来《おでき》の膿《うみ》を出してやったりしてる時にはじまる」

だが実際には父は知っていた。港湾の仕事をしていたから、数ヵ月前から夥《おびただ》しい量の物資が南方へ移動するのを見て、何かがはじまるぞ、と思っていたという。

日本傷痍軍人会も解散した。国家が戦争にむかうのはそういうタイミングだ。


話が逸《そ》れた。台風の話だ。

私は台風発生のニュースを聞くと、また人が死ぬ、と反射的に思う。

今回の台風を注視したのは、上陸する時刻が満潮と重なっていたからである。満潮と重なると台風は圏内の気圧を下げるので水面が一気に上昇する。高潮である。そこに暴風が襲うと堤防は簡単に決壊する。水はたちまち海辺の街と人を呑み込む。

注視の理由はもうひとつある。進路と勢力が、四十数年前に弟が海難事故で行方不明になった直後にやって来たものと似ていた。

弟の事故の原因はまだ沖縄のかなり手前を台風が進んでいる時、大丈夫だろうと、一人でボートに乗って沖へ出たことだ。子供の頃から、あれほど父に口を酸っぱくして、台風と雨はともかく気を付けろ、水辺に近づくな、と言われていたのだが、十七歳ですでに一八〇センチを越えていたサッカー部のエースは、大丈夫だと判断したのだろう。それは野球をしていた私も同じだった。

猫の額のようなちいさな湾のどこかに弟はいるはずだと、夏休みであったので同級生が百人近く集まって、手をつないで海を歩いてくれた。

日本地図と円形の台風の位置を見るだけなのに記憶とはおそろしいもので、あの十日余りの捜索の時間がありありと浮かぶ。

夜明け方、沖合いにタコ壺のように浮かんで来た弟の頭部、海の中で抱き上げた折の顔、通夜で床に崩れてしまいそうな両親の背中……。家族の死はいたましい。

女優を目指していた若い女性をストーカーが刺殺した。両親、家族はいたたまれまい。残る人生、なぜ？　と常に問いかけ、その答えは勿論出ない。親は自分たちに何か落度があったのではと考える。身内の不幸はたとえ遠戚でも、なぜこんなことを起こさせたのかと自分の生き方を考えさせることになる。

ガキの頃、弟を連れて悪事をしていると、

「見つかったらお父《とう》やんに叱られんかの」

と弟は心配そうに言った。

「黙っとりゃ、わからんだろうが」

「けんどお母《かあ》やんは必ず誰かが見とるもんじゃと言ったぞ」

私は、チェッと舌打ちし悪事をしようとした手を止めて、意気地無しが、と歩き出した。

今でも時折、弟が生きていたらどんな男になっていただろうかと思う。私よりずいぶんと男前だったから佳《よ》い嫁を貰っただろう。クリスチャンか、イスラム教でもいいが、彼は信仰者になったのではという気がする。

「台風は大丈夫でしたか?」

台風一過に母に電話を入れた。

「父さんとあなたが建ててくれた家だもの、ビクともしなかったわ。マー坊（弟の名前）の時と同じ台風のように思ったわ」

その瞬間、言葉に詰った。家族なのだ。

青春の不条理

いやはや、暑い。熱いの方が適切か。
昼間、ホテルの部屋のカーテンを閉め、両肩に濡れタオルを掛けて仕事をしていても汗が出てくる。下手をすると原稿用紙の上に汗が落ちるのではと思う。
私はクーラーを使わない。クーラーを入れてうたた寝すると体調を崩す。クーラーの冷風に弱い。これまで世間の冷たい風にはずいぶん当たってきたのに、どうして機械の風に弱いのだろうか。本当は虚弱体質なのかもしれない。ナ、ワケナイカ。
午後、青森出身のMチャンから電話で、

「今、外に出たら間違いなく死ぬっから」

と津軽弁で言われた。五所川原訛りか？　外の温度はすでに三十五度を越えているらしい。

カーテンを少し開けて外の様子をうかがうと、たしかに暑そうだ。

肌が切れそうな寒さと言うが、こんなに暑い時はどう表現したらいいのだろうか。

一発で目玉焼にされそうな暑さ？

イカン、イカン、こういうの書かないように家人から注意されてたんだった。


私はこれまで暑くて音を上げたことは一度もない。

それには理由がある。かつて十年以上、炎天下のグラウンドで何時間も水を一滴も飲まず毎日、白球を追い続けていたからだ。

真夏、朝七時くらいから三十度を越える暑さになる猛暑日を何度も経験したし、真昼時、選手たちが陽炎《かげろう》の中に立っていたのを見たことが幾度もあった。陽差しが一番強く感じられるのは午後の三時から五時の間に一度やってくる。〝四時のバカっ晴れ〟と呼ぶ。

昼食時に少し水か麦茶を飲むが、それ以外グラウンドにいる時はいっさい水分の補給をさせてもらえなかった。それが昔の野球部のやり方だった。

「いいか、俺たちも先輩たちも一滴も水を飲まずに練習をして根性を鍛えたんだ」

そんなもんで根性鍛えてなんになる、このボンクラどもが（と胸の中で思ってた）。

今なら脱水症状を起こしている身体に水分を補給しなかったら練習する意味がないことは誰でもわかる。疲れてばかりで筋力がつくはずがない。しかしそれがどこの名門野球部でも当たり前だった。

雨上りのあとの猛暑の時、私とジャイアンツにドラフト一位で入ったY山と二人、あんまりにも喉が渇いて、足元の水溜りの泥水が、泥が下の方に沈んで上澄みの部分が結構透明で綺麗に見えた。

二人の目は同時にその泥水を見ていた。

私はY山に小声で言った。

「おまえさっきからそんなものを見て何を考えてんだ、バカ」

「おまえだって見てたじゃねぇか、バカヤロー。あのさ、泥水って……」

「うるさい。腹こわすに決ってるだろう」

「俺、結構、腹は丈夫なんだ」

それがかたやプロの名選手になり、片方は毎晩、銀座で飲んだくれてる作家になってしまったのだから、世の中はどうなるかわからないものである。

こんなこともあった。

練習中に先輩のバットが折れて、

「オイッ、俺の部屋へ行ってバットを取ってこい。机の脇に二本あるから新しい方のバットだ」

「ハ、ハイッ」

――シメタ！　水が飲めるぞ。

グラウンドの隣りにある寮の建物に入ればトイレでもどこでも蛇口をひねれば水にありつける。ユニホームの胸元を水で濡らさぬように戻れば済む。

私は笑いそうになる顔をことさら怒ったような顔にして寮にむかって走り出した。

階段を上り、三階の先輩の部屋に入りバットを取って引き上げようとした時、机の上に飲みかけのコーラの大瓶が置いてあった。

――水を飲もうと思っていたが、そりゃコーラの方が美味いだろうよ。

大瓶の半分近くが残っていた。

――ひと口飲んでもバレはしまい。

私は机に近づき一気にラッパ飲みした。

すると口の中に何か楊子《ようじ》のようなものと異物があふれた。味もおかしい。

ペッ！　何だ？　こりゃ。

手の中に吐き出すと、それは数本のマッチの棒と煙草の葉であった。

――イカン、灰皿に使ってたのか。


そんな苦しい練習の後でも、その日の練習で一年生にミスが続くと、陽がすでに落ちたベンチの前に一年生は全員整列させられた。

「おまえたち今日の練習の、あのざまはいったいなんだ？　俺たち二年をなめてんのか」

「いいえ」

その時刻、汗の匂いであふれた若者をめがけて、方々から待ってましたとばかりでっかいヤブ蚊が直立不動で立つ一年生の顔やら腕にむかって突進してきて、血を吸い放題になる。叩くわけにはいかない。

そこで顔に止まって蚊が血を吸いはじめると、頬の筋肉に思い切り力を込める。すると蚊は針が抜けなくなり羽音を立てて脱出しようとする。その時、左端から二年生のビンタが近づいてくる。

――待ってろよ、逃がすものか。

そうして自分の頬に先輩のビンタが飛んでくる。ビシャーン。やったぞ。しとめた。

「西山（私の名前）、おまえ何笑ってんだ」

あれはあれで愉しかった

二十五年振りに東京競馬場へ行った。

昔の私を知っている人ならこう言う。

「おっ、何か狙い目があったのかね？　どんな馬だね？　それで取り込めたかね（馬券を買って予定どおりに勝つことをこういう）」

実際、そういうことをしていた時期もあった。

——ヨオーッシ、あるだけの金を掻き集めて勝負だ。借りる金はトイチ（十日に一割の利子をつけること）でもいい。

今でも遊び程度で、競馬、競輪、麻雀をやるが、遊び程度とわざわざ口にすること自体が、あの頃のギャンブルは異様であったということだろう。

なぜあんなに夢中になったのだろうか、と考えてみるが、その理由がわからない。

打っている時（ギャンブルをすることを打つと言う。今は死語に近いが、呑む、打つ、買うの打つである）の心理はわかる。

勝つ自信があったのである。

①このレース、これが来るかもしれない。

②うん、これが来そうだ。

③いや、これしかない。

④これだ。これを待っていたんだ。

①から④に変化して行く心理状態は、やはり頭がおかしかったのだと今なら思えるが、当時、その心理の変化がいとも簡単に受け入れられた。実際、勝ったこともあるから始末に悪かった。

ギャンブルを打つために働いていた。

それでパンク（破産すること）、打ち倒れ（死んでしまうこと）しなかったのは、普通の人の何倍も働くことを苦に思わなかったからかもしれない。

これまでいくら負けたか？

指を一本一本折って数えても、手と足では足りないし、正確に数えて、金額が出れば、おそらく気絶してしまうだろうから、そういう計算はいっさいしない。

ではムダなことを何年もして来たのか。

そうは思わない。あれはあれで愉しかったし、ギャンブル場に身を置いていると、妙な安堵が湧いた。

ギャンブルが好きな人が、好きだった。

老人でも、若者でも、同じ匂いのする人たちだと思った。

しかしその日、東京競馬場でアナウンサーの杉本清さんと対談（トークショーでもいいが）した時、集まって来た競馬ファンにむかってこう言った。

「人生の大切な時間をわざわざ競馬場までやって来て、当たりもしない馬券買って、君たちは何をしてるの？　せっかくの日曜なんだから、本を読むとか、明日のために何かやるべきことが他にあるでしょう」

するとと観客が笑い出した。

――なんだ。皆、わかってはいるんだ。

競馬場へは対談のために出向いたのではない。秋の天皇賞を勝った馬主、調教師、ジョッキー、厩務員さんへ勝者の記念品をプレゼントする役目で出かけた。

プレゼンターを引き受けたのは、昔、お世話になった騎手、調教師の故・野平祐二さんへの感謝の意味もあった。

東京競馬場の場長のM田さんの夫人が野平さんの三女だった。その上プレゼンターを務めて欲しい理由が、東京競馬場内で詩人、劇作家の寺山修司氏と作家の虫明亜呂無《むしあけあろむ》氏の回顧展をしているので、同じ作家に来てもらいたいと言われたからだ。

寺山さんには競馬の予想コラムがあって、それを面白く読んでいた。虫明さんは日本のスポーツライターの草分け的存在で『シャガールの馬』という作品に感動していた。二人への感謝の気持ちもあった。場長はさらに言われた。

「今回の天皇賞は武豊君も有力馬の一頭に騎乗します。武君の結婚の立会人をなさったあなたが彼に賞を差し上げることができたら最高です」

そうか武豊騎手も騎乗するのか。

当日は台風一過で青空がひろがっていた。

「競馬日和の空だな……」

別に青空は競馬のためにあるのではないが、府中にむかう車から空を見上げた。

競馬場には十万人近いファンがつめかけていた。熱気は昔のままだが、どこかお洒落である。時代が変わったのだろう。

武君の騎乗馬は勝てなかったが、武君の幼な友達の福永祐一騎手が菊花賞に続いて連勝した。結婚したばかりの福永君は嬉しそうだった。

役目が終って、武君と逢って少し話をした。

元気そうだった。今年は調子がいいようだ。

――君ね。貰ったギャラ全部を君の馬に打ったんだよ。こういうことじゃイケナイでしょう。

とは言い出せなかった。

なんだ。ギャンブルやめてないじゃないか。

「元気ですか？」

今夏は風邪をかかえて暑さの下をうろうろしていた。

以前は風邪など一晩寝ればケロッと治ったが、この頃はどうもそうはいかない。

歳を取った？　そうではあるまい。

まだ鼻垂れである。ようやく文章を書くのに、ああでもない、こうでもないと、こねくり回さずとも書けるようになったばかりだ。

私の仕事はこれからである。

野球のバッターで言うと、打てるボールと打たなくともいいボールが少し見えはじめたというあたりだ（断わっておくが、だからクリーンヒットがいつも打てるということではない）。

小説を書いては、と何十年か前に出版社の編集者に言われ、今はそうするしかないのかと、文章を書くとしたら他人が読んで何とか読めるものが、おまえには何作書ける？　と自らに問うた。逗子の海を見ながら文房具屋で買って来た大学ノートに作品のあらましとタイトルを幾晩かかかって書き留めてみた。三十歳前の夜だから三十年以上前の話だ。

その時期、日本文学、世界文学の大半を読んでみた。安ホテルの二階を間借りしていて床が本で抜けそうになったのだから、ともかくよく読んだ。

なぜ読んだか？　小説家を一軒の商店だと仮定して、どんな商品がこれまで世の中に出てなおかつ残っているかを知りたかった。

結果として、小説と商品は少しばかり違うことが（いやかなり違うが）わかったが、先達の作品を知ることは貴重な時間だった。

その幾晩かかかって出した作品とタイトルが三十点余りあって、信じてもらえるか知らぬが、そのほとんどを三十年間で書き、作家の端くれとして今いる。だからあの何日かで私は半生分の仕事を決めたことになる。

打てるボールと打たなくともいいボールが少し見えるような、と話したが、青二才が夢物語に書いたものがすべて上手く行くはずはない。それでもかたちになったのは半分腕力で書いたからである。

小説は才能が作るものと思われようが、それは間違いである。大半は気力と体力。やる気のあるものには何物かが宿るらしい。

良かった点はいったん書きはじめたら最後の一行まで書き上げたことだろう。小説の執筆作業はガイドなしで高い山を登ることと似ている。最後に辿り着いてみれば、

「ありゃ、こりゃまったく違う所に出てきたわい。大失敗だったな」ということがある。

何年か、何百夜かの苦行が無駄になったのだからしんどいなんてもんじゃない。

最後の一行まで書けたのは、作家の吉行淳之介氏が、いったん書きはじめたら途中で投げ出す奴はダメだ、ともかく書きとげなさい、と言っていたからだ。

ともかく打てないボールも打ったのだろう。だから私は今でもサイン会の時にやって来た人に言う。「良さめの小説もあるかもしれないがヒドイのもあるから気を付けてね」冗談ではなくである。

今も作家面しているのは、ただ運が良かっただけなのである。人にも恵まれた。さらに言えば多くの人の死がいい加減な性格の私に鉛の楔《くさび》を打ってくれた。

そのボールの打ち方だが、最速のボールをガーンと打ち返すのがいかにもかたちが良く見えるが、そうではない。実はゆっくりとむかってくる山なりのボール。子供でも打てそうなボールをきちんと打つのが一番難しい。

本当ですか？　本当である。嘘だと思うなら松井秀喜でも落合博満にでも訊いてみなさい。これがバッティングの極致でもある。

小説で言うならば、子供でも書けそうな簡単で明瞭な文章で、誰もがときめくものが最上質だと私は考えている。これが書けない。

古今、東西の名作はそこが共通している（断わっとくが私が名作を書くんじゃありませんぞ）。

夏風邪を引き、歯痛、その後、菌が身体にまわりリンパ腺があちこち腫れて、夏の半分をバカ犬と過ごした。身体の痛みが取れた頃、山口の生家から電話が入った。私が出ている新聞記事を見たと母からである。

「元気ですか？」

「私はおかげさまで元気ですよ。あまり根をつめて仕事をせんようにね。見えるものも見えなくなると言いますから」

九十一歳に言われて、頭が下がる夏だった。

それでいい

ひさしぶりに海を、それも春の海を見るのもよかろうと、房総鴨川へ出かけた。
春の岬旅のおわりの鷗《かもめ》どり浮きつつ遠く……、と家人の好きな達治の歌でも口ずさむか、と思っていたら吹雪であった。
早朝五時半にお茶の水を出て、鴨川にあるK田病院のE口先生に愚脳を診てもらいに出かけた。
仙台のS医療センターでも診てもらったが、最後にE口先生の話を聞きたかった。一目お逢いして、名医とは斯《か》くあるのだと思った。それで過去に医師に話さなかったこともすべて打ち明けた。マイク・タイソンみたいなベトナム帰還兵と大喧嘩になり左目がつぶれるほど殴られ一ヵ月ぶっ倒れていたことや、アルコール依存症で不整脈が出て滅茶苦茶だったことやらだ……。それをひとつひとつ聞き、E口先生は目にペンライトで光を当て、脈をとって下さり、大丈夫です。まだ十分働けますからと背中を押して下さった。昔、近所にいた腕っぷしが強くて勉強ができる先輩から話を聞いている気がした。

結果は、自重して生きなさい、ということであった。安堵をもらうことは頼もしい。

先日、友人が酒場で浮かぬ顔で言った。

「俺の会社、息子に継がせるのは無理か?」

「無理だ。会社は半年もつまい。社員にも悲劇を招くだけだ」

友人の息子が愚かだという理由では決してない。私も三度逢っている。彼にはやりたいことがあり、その道に進もうとしている。それに……、少し言いにくいが、苦労をしていない(別に苦労だけがいいわけじゃないが)。おそらく他人に罵倒されたこともなければ、一、二発ぶたれたこともないはずだ。

十年近く前に、友人と息子と食事をし、息子が先に引き揚げた後、友人が後継者の話を切り出した。

「それだったらおまえさんや奥さんには悪いが、他人の飯を食べさせ、苦しい辛いを何年かやらせた方がいい。私も彼は好きだ。いい所が山ほどあるのもわかるが、あれだけの社員とその家族がいる所帯だ。ともかく苦労と辛酸を舐めさせなければ、いざという時に踏ん張る原動力が身体の中に出てこない」

「やはりそうさせなきゃダメか？」

「ダメだ。親としては辛いだろうが、会社が、社会がそんな甘いもんじゃないのはおまえさんが一番知ってるはずだろう」

「いや、そうなんだが」

「親バカで、大人の男が自分がしてきたことを投げ出してどうするよ」

「相変らず厳しいな」

「それは違う。おまえの目が曇ってるんだ。優秀なリーダー、店主の交替は、会社、商店を生命線の所まで一度引き戻す。安全な城なんてのは歴史を見てもひとつもない」

ひさしぶりに向島のAヅマに寄った。

運良く席が空いていた。オヤジの姿が見えない。その替りにオヤジによく体型が似た大きな青年が額に汗を光らせて働いていた。

小声で女性に訊いた。

「伜かね？」「五年振りに戻ってきてくれて、今は叱られっ放しです」「叱られっ放しか、そりゃいい」

やがてオヤジが戻り、いきなり大きな青年を叱った。

カキフライ、生ハムが出てやはり美味い。

その間中、T山、そんな量のキャベツじゃどうしようもないだろう、T山、早く皿を用意しないか、名前も呼び捨てで感情的じゃないかと思えるほど命令（指導か）の言葉が飛ぶ。

――イイナ――。この店はあと三十年は大丈夫だ。

おそらく何度かの父と子の葛藤があり、勿論、いい顔をした青年だから父親に正面からさからったに違いない（それが大事なんだ）。

ヨオーッシ、私もしっかり働いて何年もこの店に通うぞ、と思うと気分が良くなった。


私が野球部員だった時、父親が一度だけ内緒で息子の試合を見に来た。

こちらは知らない。それが当たり前だ。

オヤジが球場に着いた時はすでに試合は終っており、その敗戦で私たちの春の甲子園の夢は消えた。純粋で努力家の上級生のキャプテンが涙し、逆上してナインに言った。

「なんだ、この無様なゲームは。そこへ並べ」

右端から殴りはじめた。

——痛え、少しは手加減しろよナ。

その夜、母親が鏡で殴られた顔を見ていた私に言った。

「父さん、今日、球場に行ったそうよ」

「えっ！　本当に。それで？」

「ええ、ぶたれてたけど、あれなら少し性根もつくかもわからん、だって」

「…………」

そういう時代であったのだろうが、他人に叩かれるのは必ずしもすべてが悪いとは私は思わない。

本牧で女の子をからかっていたマイク・タイソンみたいなアメリカ兵は別だが……。

やさしいひと

盆休みになろうかという日に仙台から上京した。仙台駅はひどい混雑だった。

こんな日に上京したのは、ひとつは私が二年前に出版した『いねむり先生』という小説がテレビドラマになり、その試写会を兼ねた記者会見に出席するためだ。

『いねむり先生』は私が三十代半ばに出逢った先輩作家との日々を小説仕立てにしたものである。

作家とは色川武大《いろかわたけひろ》氏（もうひとつの名前が阿佐田哲也で〝ギャンブルの神様〟と呼ばれた人）である。氏との交流の一年余りを描いた。交流と言ってもほとんどがギャンブル場と酒場でとも

に過ごしたものだ。

通称〝旅打ち〟と言い、ギャンブルだけを打つ目的の旅を二人でした。今考えるとまともな人間のすることではない。

私たちは色川さんを先生と呼んでいた。

先生を私に紹介して下さったのは黒鉄ヒロシさんである。当時、家族を亡くし、東京を去り田舎に引っ込んでいた私はギャンブルと酒に浸っていた（人間が弱いというか甘えがあったのだろう）。そんな私に黒鉄さんは丁寧な手紙を生家にまで下さって、ギャンブルで上京した私に先生を引き合わせてくれた。

「とにかく逢ってみればわかるから」

その一言がその後の私の指針を決めた気がする。情愛のある先輩を持つことは幸せなことである。井上陽水さんにもこの頃紹介された。黒鉄さんも陽水さんも先生を敬愛し、見ていて微笑ましかった。


初対面の夜、先生は酒場で眠っていた。疲れてもいらしたのだろうが、先生はナルコレプシーという厄介な病気をかかえていた。時間《とき》、場所《ところ》をかまわず睡魔が襲い、突然眠ってしまう。珍しい病気に思われようが、大人だけではなく子供も罹《かか》る。一度、そのルポルタージュのフィルムをテレビで見たが可哀相だった。人が春の陽の中でうとうとと眠っている姿はどことなくのんびりして見えるものだが、この病気の場合、当人は苦しく辛い上に必死で抵抗しながら眠っている。

一度麻雀を打っている最中に突然、眠ってしまい、これじゃ困ると少し様子を見ていた三人が、先生、眠ってちゃダメですよ、起きなさい、と身体を揺らしたら、やにわに目を開けて手元近くにあったサンドウィッチを指で麻雀の牌を引くように取り、そのまま卓の上の河《ホー》にタマゴが飛び出たパンを打ち捨てたという（本当かしらと思うが、実際、目を醒ました瞬間、先生は置かれた状況をほとんど理解されなかった）。

元気だった立川談志師匠の楽屋へも連れて行ってもらい、先生はご祝儀をそっと渡しておられた。ジャズと映画、浅草の芸人が好きで交遊関係がとてつもなく広かった。

競輪の旅に同行した。青森、弥彦、名古屋、松山……と〝旅打ち〟は楽しかった。土地によって先生の麻雀の友がいて、怖い人も、豪快な女性もいて夜は麻雀になった。こうやって生きて行くことができたら、と青二才の私は本気で思った。

小説家としては一級の上の上で、一緒に旅をしていた当時は『狂人日記』と題された素晴らしい作品を執筆中だった。

深夜、先生の部屋にだけ灯りが点った。

私は先生に出逢ったことで小説を書くことを一度は諦めることができた。その期間が後年、私が作家を生業としなくてはならぬ時のいましめとなった。先生ほどの作品はとても書けない。その教訓が今自分が半端《はんぱ》に仕事しない姿勢をもたせている。

一度、青森からの帰路で航空券を予約していたら、先生が、今は私、運気が良くないので、君は一人で飛行機で帰って下さい、と言われた。私は驚き、どう応えていいかわからなかった。とてつもなく他人にやさしい方であった。

小説のドラマ化だから事実とは違うが、試写を見ていて、三十年前でも〝過去は昨日のことである〟という言葉の意味がよくわかった。私自身は辛かったが、小説を書くということはこういうことなのだろうと思った。

上京したもうひとつの用件は野球に関ることで、知人の子息が大学の野球部に進みたいという話を聞くことで、こちらは上手く行かなかった。人に受けた恩はその人以外の誰かに返すのが世の慣いと言うが、私にその能力がない。情無い話だ。

夜は、ヤンキースの選手として現役を引退した松井秀喜君と二人で馴染みの鮨屋で酒を交わした。彼が少し酒を飲んでいたので何やら大人になったのだと思った。

数日間の帰国は高校の野球部の仲間と一日甲子園へ行くという約束を果すためだという。記者となった友のために時間を惜しまない。やはり人間の格が違うのだろう。

帰る場所がある幸福

大晦日の夕暮れはかれこれ三十年近く、故郷にむかうためにどこかの駅、空港のロビーに立っている。

正月の帰省のためである。

若い時は友だちに誘われればスキーや温泉に正月旅行で出かけたい時もあったが、それをしなかった。

しなかったというよりできなかった。

私の家の事情である。

父が、嫁いだ娘以外は正月には全員が家に顔を揃えるように命じていたからである。

父にとっての正月は我が子の顔をたしかめ全員が元気に新しい年を迎えることだった。元日の朝、子供たちが父にむかって挨拶する、父はうなずく。それだけのことである。そのために子供たちはどんな遠い場所にいようがギリギリ大晦日まで働いていようが生家にむかった。

四十年近く前、姉の一人が友だちとスキーに行き、元旦に帰らなかった。父は食事を摂らず、御節料理も全員がおあずけとなった。元日の夜、父は母を叱った。

「おまえの教育が悪いからこんなことになるんだ」

もしかしたら一、二発手を出したかもわからない。

翌日、二日の午後、その姉がスキー焼けして玄関に入ると父のカミナリが落ちた。姉は泣きじゃくり、母が父をなだめて一日遅い正月になった。

私が毎年、生家に戻るのは母にせつない思いをさせたくないということと長男の私が正月に家にいないことは父には考えられないことであるらしいからだ。

友が、恋人が、正月を一緒に遊ばないかと誘っても一言で返した。

「正月はダメだ。帰省しなくてはならん」

「ほう、乳が恋しいんだ」

「私と実家の正月のどちらが大事なの？」

――好きに言ってろ。

「どうして毎年、帰省するの？」

――そういう家なんだ。私の家は……。

そう言っても通じまいと思うから、黙って誘いは断わった。

家の事情を最優先して生きてきた。

厳密に言うと、父の考えに従うように生きてきた。但し、家業を継げ、嫌なら何か事業を起こせ、というふたつは拒絶したが、それ以外はたいがいのことに従った。

長姉が高校に入学した時、父は姉に革靴を買い与えた。登校初日に正門の前で姉は生活指導の教師から、学校は革靴禁止だ、何をしている、と怒鳴られたが、用意していたゴム靴を鞄から出して履き替えて校内に入った。彼女はそれを三年間、怒鳴られようが、注意されようが続けた。長姉はそのせいで不良少女と言われたこともあったが、黙って父の靴を履いて登校した。

――家の事情ですから。

とはたぶん口にしなかったのだろう。

仮に教師が家に来て母に注意をしていたとしても母はきっぱり教師に言っただろう。

「主人が買い与えた大切な靴ですから」

高校の事情より、父の意思を優先する家であった。それを正しいと子供は思っていた。

姉たちは全員、中学三年の冬、母にともなわれて父の下に、高校へ進学したいのですが、行かせて欲しい、とお願いに行った。

「わしは女は中学までの教育で十分だと考えているが……」すかさず母が「よく勉強をしていますし、家の手伝いも今まで以上にさせますから」と言った。父は黙ってうなずき、県下で一番難しい高校一校だけの試験を受ける許可を与えた。だから姉たちは皆優等生だった。

その事情があるから子供は皆父に進学させてもらっていることが頭の隅にいつもあった。

私が毎年、どんなことがあろうとも帰省するのはそんな家の事情もあった。

その父が亡くなった頃、若者の犯行によるいまわしい事件が起こった。ひとつは千葉県のマンションに住む外国の若い女性の殺害。いまひとつは東京の電化製品の店が立ち並ぶ町での無差別殺人。

その犯人の二人の若者に共通していたのは故郷の家を出てもう何年も実家に戻っていないことだった。

この世の中で一人の若者を自分の命を捧げても守ってくれるのは親だけである。その親なら正月、自分の前に座る子供に、憂いや心配事があれば一目でわかる。

「仕事が、暮らしが辛いのではないか。しばらく実家に帰って来てはどうか」

それで事件、事故がすべて防げるとは言わないが、私はその事情を知った時、正月に親に挨拶に帰ることが、哀しみをやわらげることはあり得ると思った。

大晦日に家の玄関に立つと九十一歳の母は私を頭の先から足下まで何度も見つめる。

それだけのことだが、それが十分に子供のすべきことではないだろうかと思う。

第三章
いつ死んでもいい

あいつらはバカだから

もうすぐ立川談志の命日である。

亡くなって丸二年になる。

もう二年か、と言う人もあれば、そう言えば声を聞かないね、と言う人もある。芸人なんてものはそんなものなのである。

吠えていて番犬という言葉さえある。

毎年、秋の終りに、談志さんと神楽坂の鮨Kで話をするのが愉しみだった。

小説誌の正月恒例の対談だった。

師匠は何もかまわないふうで、それでいて好みの場所をきちんと準備していると、上機嫌で足を運んでくれた。

対談を終えると、奥の座敷からわざわざ握り場のカウンターまで顔を出して、職人さんへ、元気かい、と声をかけていた。

美味いよ、という不粋な言葉を口にするのが駄目な人で、元気かい、と笑って顔を見せる。それが東京で鮨を握らせれば、右も左も出る人のいないオヤジには伝わって、今年もお元気な姿を見せていただいて、と丁寧に頭を下げる。名人同士は何やらあるらしく、二人は互いに笑って、じゃあまたな、と歳下の生意気な芸人が、それを承知で手を上げる。

上京して、逢えて良かったという東京人は何人かいるが、この二人は特上であった。

あったと書いたが、オヤジは生きている。

演題のことでいろんなことを言う人がいるが、談志の『芝浜』はやはり長じていた。二十年前の『芝浜』と、十年前の『芝浜』がかわり、晩年の『芝浜』がまた違っていた。

この噺を知らない人にはわかりにくいが、『芝浜』という演目は、世の不条理を一から十まで話しているだけのことである。

ドストエフスキーと同じだって？

贔屓を少し足して言わせて貰うと、格はふたつ、ふたつ半、師匠の語りの方が上である。

晩年の『芝浜』は女房を少し突《つ》っ慳貪《けんどん》にした。最初の聴きはじめは、おかしくならないのかと思った。談志の泣いて崩れそうな顔が下がり、座蒲団の上裾を噛んでいるのかと思うほど、頭のうしろの、襟の白だけが光っているのを見た時、ああ、これが辛苦の果ての語りだと思った。果てとは口にはしたくなかったが、晩年の談志にはそういう気配が、当人の望まぬ所であった。

弟子たちが何やら三回忌でやるらしい。談志の思わぬ所は、その弟子が彼が思っていたより上等なのがいたという点である。それでも彼等の真価は先の先の話だ。

志の輔という評判の、今は看板と言ってもいい一番先の弟子が（真打ちが）いる。

その志の輔の評判があちこちで上がりはじめた頃、鮨屋の座敷で訊いた。

「志の輔はいいらしいですね」

「まだイー兄貴《あにい》（私のことを師匠はそう呼んでくれた）が聴くものじゃねぇ～」

「…………」

私は黙った。

志の輔を大事にしてるんだと思った。

それでついでに覚えている弟子の名前を挙げると、師匠は目の前に両手をひろげた。

「もういいよ。あいつらは皆バカだ」

——ああ、皆を好きで、期待してるんだと思った。

「そのバカは、期待をなさっているんでしょうね？」

「この仕事、最後は辛抱や努力じゃねぇんだ。才能なんですよ」

その言い方が、才能なんてのはねぇ、たいしたもんじゃありませんよ、とも聞こえた。


私が談志さんと初めて逢ったのは、作家の色川武大さんに連れられて、或る席に寄った夜のことだった。

珍しく競輪場で先生は時間を気にして何度かあの太い指で袖を上げ時計を覗いた。

「用がおありでしたら、そろそろ引き揚げましょうか」

「次のレースのためにわざわざ来たんですから……」

博奕打ちはこういうところがイケナイ。

妙な落車もあって二人とも取り込めた。

「引き揚げますか」「ハイッ！」

巨体を揺らして歩く先生と花月園から車で新橋のホールへ着いた。

それが立川談志で、『芝浜』で、楽屋へ行った先生を見た時の、談志の嬉しそうな顔を見た先生の手を、両手でつかんで離さない芸人を見ていて、男同士はイイものだと思った。

それから毎年、一年に一日だけ自分のための夕暮れを作った。それが談志を聴く夕だった。

先生がしたように自分も札を折って差し出すと、師匠はいつもこう言った。

「何をすんだ、いいんだよ、こんなこと」

そうして楽屋に居並ぶ外弟子にむかって、

「おまえたち、楽屋はこうするのは常識だから」

と平然と言った。

イイ人から亡くなるのは、常識だから。

君は何を学んできたんだ

少し前の話だが、七月十四日に日本では〝巴里祭《パリさい》〟というものがある。本家のパリではフランス革命の記念日である。

「〝巴里祭〟の前夜にパリの消防士の人たちがダンスパーティーをするんですってね」

「そうそう。よく知ってるわね。あれって〝合コン〟のひとつなのよね。消防士の人たちがパーティー券を売るのよ」

「その話を聞いたの。次にパリに来る機会があったら、ぜひその季節に来て、そのダンスパーティーに出てみたいの。消防士の人って普段逢うことがないじゃない。何だか憧れるわ」

「そうね。消防士の人を旦那さんにもらうのって悪くないかもしれない……」

「私もそう思うのよ」

「じゃそうしようよ」

パリの小料理屋（日本食ですね）のカウンターの隣りで二人の女性が話している。

二人とも独身女性である。

一人はすでに還暦を迎えようとしている。もう一人は私の娘で三十路を超えているらしい。

先刻、〝アラフォー〟なんです私、と訳のわからないことを彼女は口にした。

「何だ。その〝フォー〟と言うのは？」

「三十歳を超えた独身女性で、四捨五入して四十歳の領域に入った時、そう呼ぶんです。婚期を過ぎたってことの総称です」

「そんな無意味な日本語があるものか。誰が言い出したのかは知らないが、〝KY〟などと一緒でバカが考えた言葉だろう」

「KYってもうほとんど〝死語〟ですから」

「〝死語〟？　そんな言葉を若い娘が使うものじゃない。人には使っていい言葉と悪い言葉がある。辞書に載っていても生きている限りは使ってはいけない言葉はたくさんある。それを知ることも言葉を勉強することだ」

「そんな言葉あるんですか」

「当たり前だ」

「たとえばどんな言葉ですか」

「君は何を学んできたんだ。しっかりしろ」

一年に一度逢うか、逢わないかの父に、逢う度に叱られるのだから相手もたまらないだろうが、身内だから叱るのは仕方がない。

女、子供が口にしてはいけない言葉はたくさんある（虐殺、蹂躙などの類いだ）。

言葉というものは、或る範疇を以《も》って使用されるべきもので、人間が一生口にしてはいけない言葉がある。それをこの頃は平然と使う輩がいる。輩と書いたが、それが年頃の娘さんであったりすると、

——今、なんという言葉を口にしたのだ。

と驚くことが間間《まま》ある。

親の躾、学校の教育がよろしくない。

ともかくその夜は二人とも結婚相手のことを真剣に話していたらしい。私に言わせれば独身女性が結婚相手の云云《うんぬん》を大人の男の前で口にするのは愚行以外のなにものでもない。口やかましい奴《や》っちゃで。

それがどうした？

フランスにテレビの番組に出演するのでやって来たのだが、内容のことで少し揉《も》めた。毎年、正月に放映し四年目になるが来る度に、やはり受けるべきではなかったと思うのだがスタッフ（下請けの人たち）の懸命さに情が出てついつい受けることが続いた。テレビの制作は見ていて（私に関してだが）いい加減この上ないものが大半である。少し前にバラエティー番組に出演し、収録中に、先刻の、女性が大人の男に対して口にしてはならぬことを私の前で口にし、私は立ち上がって出て行った。スタッフ、プロデューサーは驚いたかもしれないが、私は今でも自分のしたことを間違っているとは思ってない。ともかくレベルが低過ぎる。

フランスの取材はゴルフの旅である。

その日は早朝からパリ郊外の〝ナショナルゴルフクラブ〟でプレーした。

タフなコースだった。フランスにはキャディーがいない。ガイドブックだけが頼りではどこに池、バンカーがあるか、どちらにティーショットをどのくらいの距離で打ってよいのかわからない。それでコースをよく知る人とラウンドした。

その人は十三歳の少年だった。ハンディキャップが2だと言う。それからして間違っているのだが、少年はとてもシャイでこころねのやさしい子供だった。子供とラウンドしてわかったのだが、私のフランス語はまったく相手に伝わらない。少し通じると思っていたのは相手が大人だったからだ。

「大きくなったら何かなりたい職業はあるの？」

「プロゴルファーになりたい」

「やめなさい。まずはよく勉強してしっかりした大人になることだ。プロスポーツはたしかに魅力的な職業だが、スポーツの種類によっては社会的常識が欠落した集団があるよ。とくにプロゴルファーはそうだ。アマチュアとしていいゴルファーの方がはるかにイイ」

　お礼にニューボールを買って渡したが、ロストボールでもよかったかと思った。子供に必要以上のものを与えるのは間違いである。

いつ死んでもいいように生きる

東京暮しが少し長くなると、仙台のバカ犬のことを思う。

——どうしてるんだ、あの犬。

時折、仙台に電話を入れて様子を訊く。

「どうしてる、あいつ？」

「今、ガムを一生懸命食べてますよ」

——何だよ。いつ聞いても何か喰ってやがるんだナ。

「ノボ君（犬の名前）、作家さんから電話だけど出てあげたら」

——電話に出るわけないだろうが。

「今、忙しいって」

昨日も八重洲の書店でサイン会があり、

——あいつが本をくわえて来てくれたらな。

と考えていたら、相手の名前を書き間違えてしまった。

私が仙台に戻ると、バカ犬は飯の時以外はそばを離れない。私が庭に出ると、当然のごとく庭に出る。

私はよく夜明け方の庭に出る。その時刻は花が開花する。木槿《むくげ》などは蕾から花の先が動きはじめているのを目にすると、生命の尊厳のようなものが伝わる。

書を練習するのも、この時刻が多い。

朝一番の水で硯《すずり》を引きはじめると良いという話を聞いたからである。

銀座の四丁目の裏手にT政はある。

三代続く焼鳥屋だが、焼鳥屋が三代も続くというのはよほど貧乏性の家系ではと思ったりもするが、私は二代目と気が合って、大事にしてもらっている。

焼鳥を焼く以外は、鮎と烏賊《いか》を釣りに行くしか能がない男なのだが、性根、気質は一級品である。

その二代目が古稀を迎えるというので、以前から書いていた拙い字をよこせと息子が言ってきた。暖簾をこしらえるらしい。

それで先週、その暖簾ができたというので見に出かけた。字はひどいものだった。

恥はかき捨てと言うが、やはり嫌になった。

同じように湯島の天神下で、今はもう亡くなったが九十二歳の誠子さんに言われて色紙を書き、表に出してくれるな、と申し出たが店の壁に掛けてある。これも見る度に嫌になる。

——でもこの程度がおまえだろうよ。

と私は自分に言い聞かせる。

二十歳を過ぎた頃に、横浜で働き（学生でしたが）、たまに渋谷へ出て遊んだ。その折、兄貴分の男に言われた。

「いつ死んでもいいようにしておけよ」

人生これからという時、そう言われると安いことはできなくなる。

今思えばいい言葉だったと思う。

今死ねば、バカ犬のことが気がかりだ。私は仙台の家を出る時、バカ犬に言う。

「待て！　待てだぞ。私は帰って来る」

それを言われて、五十数年前、南極でタロとジロはひたすら帰りを待ったのである。犬はけなげである。その忠誠心において一度何事かを告げられると全身、こころのすべてでそれを飼い主のために守る。

今までつき合った女たちの大半に犬の爪のアカを煎じて飲ませたい。

昨夕のサイン会の後、編集者の挨拶があって銀座のO羽のカウンターに座った。

昔話ばかりをしていたが、途中、自分の座っている席に、以前は山本夏彦翁が、毎週一人で座っていたことを思い出した。

二〇二〇年にオリンピックが東京にやって来るというので、その話題に関しては日本人の皆が皆浮かれているように映る。

私は若い時からオリンピックというものにまったく興味がない。

〝おもてなし〟と若い女が口にしたが、何を言ってるんだ、というのが正直な気持ちだ。

〝被災地に聖火が走ることが……〟と元都知事は言ったが、そんなに簡単にオリンピックと被災地を結びつけて、大丈夫なのかよ、というのが本音だ。

勿論、オリンピックはお祭りで、それが日本にやって来るというのは良い報せだし、とやかく言う立場ではない。きっと日本中が昂揚する数週間になるだろう。

その夜、私が座っていた椅子に長く座って黙って酒を飲んでいた山本夏彦は、一九六九年、アポロ11号が月面に着陸し、人類が初めて月の土を踏み、世界中が歓喜した翌週のコラムにこう書いた。

〝何用あって月へ？〟

山本翁の真骨頂の名文だった。

トンネルの向こうにあるもの

年の瀬の一日、青森、津軽へ出かけた。

旧三厩村《みんまやむら》と龍飛岬《たつぴみさき》を見て回る。推理小説のワンシーンを書くための取材だ。

仙台の自宅で深夜二時に目覚めてはじめた仕事が夜明け方に一段落着いたので、

――ヨオーッシ、このまま朝の早い電車で津軽へ行ってしまおう。

と準備をはじめた。数日前から東北地方に寒波が襲っていた。

――よりによって、こんな時に……。

と家人に言われそうだが、その日しか一日時間が空く日はなかったし、寒い土地には寒い時に行く方がその土地の本当の姿が見えるとも言うしな、と自分に言い聞かせた。

家人が起きてきて、防寒具を着込んだ私を見て言った。

「どこへ行くんですか？」

「龍飛岬だ」

「龍飛岬？　何をしにまた」

「取材だ（歌を歌いに行くわけではない）」

二匹の犬がしっ尾を振って飛びつく。

——散歩に行くんじゃないから。

「長靴を出して下さい」

「えっ？　長靴で新幹線に乗るんですか」

「津軽はえらい雪らしい」

玄関で長靴を履いてみたが、何だか大袈裟に映ったので、古いブーツを出してもらった。毛糸の帽子を被り、手袋をはめ、背中でバカ犬の吠え声（散歩じゃないの）を聞きながら仙台駅にむかった。

新青森までは新幹線。青森の少し手前のトンネルをいくつか過ぎると、車窓に映る風景が一変した。雪原である。
——寒そうだな。津軽は中止して、天ふじ（青森の鮨店）で一杯やって帰るか。いやそれじゃ、昔の自分とかわらない。
「私はこの頃、真面目な作家なのだ」（わざわざ声にしなくてはならんのが辛いが）
新青森で特急スーパー白鳥に乗換えた。蟹田《かにた》まで乗る。少し眠い。しかし寝過ごしたら函館まで行ってしまう。間違って函館まで行ってしまったら、年内に帰宅はできまい。いや、それどころか、新しい自分と出逢って別の人生を歩んでしまうかもしれない。

蟹田で特急を降り、津軽線に乗換えるのだが、次の電車が来るまで八十分あった。

——腹が空いたな……。

駅舎を出て、駅前食堂を探した。〝地鶏ラーメン〟の幟《のぼり》が見えた。凍っている足下に注意しながら店の前に立った。店の名前を読んだ。

〝ウェル蟹〟（何のこっちゃ）

店の中は魚、野菜、若布、昆布の干物まで売っている。スーパーなのか。奥に食堂らしきものがあった。

「ラーメンひとつ」

「むこうで食券さ買わねぇど」

店の人でなく客のオバサンが言った。津軽の人は親切である。

そのオバサンと相席で食べた。

「仕事がね？」

「そんなとこです」

終点の三厩駅は、その先に線路がなく小屋がひとつ建っていた。

——電車が暴走したら、あの小屋が受け止めるのか。

タクシーの運転手らしき若い人が私を見た。予約しておいたのだ。〝奥津軽観光タクシー〟と車のボディにある。

「運転手さん、〝奥津軽観光〟には何台くらいタクシーがいるの」

「はい、二台です」

「…………」

「観光と聞きましたが、まずどちらへ」

「……（殺人現場に似合いそうな所を見せてくれますか、とは言えない）まずは龍飛岬かな」

「はい。本当は龍飛崎なんですが、ほれあの石川さゆりさんの歌で来る人皆が龍飛岬って言うものだから、変えたんだわ」

「やわらかい発想だね。ところでなぜ龍飛って言うの」

「あの空で威張ってる姿が似合う龍がいるでしょう。あの龍でさえ飛んで行っちまうくらい風が強いので龍飛岬よ」

「そんなに風が強いの？」

「岬の突端まで行ってみるかね？」

「大丈夫なの？　こんな日に」

「ボクがいれば大丈夫です。一緒に上まで登りますから」

駐車場でタクシーを降り、二人で岬にむかって坂道を登り出した。

「お客さん、道の中央は滑べるから、端の雪が積もってるところをこうやって踏みしめて歩けばいいから。ついて来て」

途中、振りむくと下北半島、さらに海峡の先が見えた。いや絶景だ。

「運転手さん、あれは下北半島だよね」

そう言って運転手を見ると遥か上方をどんどん登っていた。

——オイオイ一緒に登るんじゃないのかよ。

「お客さん、そんなとこでボーッと突っ立ってたら吹き飛ばされっぞ」

——誰にむかって言ってんだ？

気持ちが伝わる手紙の書き方

去年のクリスマスの前日、仙台に帰ると仕事場の机の上に何通かの手紙が置いてあった。

去秋から師走にかけて本を二冊上梓したので、大半は本を送ったことへの礼状であるが、その中にクリスマスカードが数通。パリから、スペインからのものに混じって見覚えのある文字と封筒のかたち……。

——おうS子さんからだ……。

と思って顔をほころばせてすぐ、そんなはずはない、と顔を曇らせた。

——S子さんは亡くなったのだった。

それでも手紙の文字は例年と同じS子さんの夫のH君の字だ。

——なんだ、これだといつもの年と同じじゃないか。うん、これはイイ。

開くと、雪の聖夜に天使が二人手をつないでモミの枝を手に舞い降りて来る絵柄だった。可愛い。S子さんの五、六年前の作品だろうか。手紙にはアドベント（キリストの降誕を待つ期間です）が二週間目に入ったと記してあった。H君の祈る姿が見える。

S子さんが生きていた去年とかわらないと思って嬉しかった。

机の真ん中に置いた。これで一年、神のご加護があるやもしれない（都合がイイが）。

本の礼状の中に、友人のMさんの葉書があり、日本聖書協会にS子さんの画が載っている聖書の話の絵本を見に行こうと思っているという一文があった。Mさんはゴルフと銀座のバーでの酔いどれた姿しか浮かばないが、聖書を読んでみようという意志があったのに、へェ〜と思った。思わぬ酔っ払いである。

S子さんの絵は見ているうちに気持ちがやわらいでくる。こころのこもった作品とは、絵画でも、お皿でも、小説でも、タコ焼きでもそれにふれる人に安堵を与え、こころをゆたかにさせてくれる。

手紙の話を少し書こう。

手紙は誰しもが書くのに苦労する。

当たり前である。普段から、手紙を書き慣れている人などほとんどいない。

私も苦手だ。我が家に送られてきたものの礼状は家人がすべて書くが、彼女もその度にタメ息をつきながらペンの端を嚙んで外を見たりしている。

たまに手紙が得意な人がいて、そういう人から届く手紙はどうしてあんなにつまらないものが多いのかと首をかしげる。

この頃、流行らしく葉書に絵を描いてくる人もいるが、一見上手く見えるものはすぐに見飽きる。慣れた手紙にはそれと共通したものがある。

どうだ？　という感情が見え隠れするものはまともな人には嫌味にしか見えなくなる。芝居が上手いと言われる役者の演技と同じだ。

手紙は長かろうが、短かかろうが、たいがいはひとつのことしか伝えられない。ふたつ、みっつを伝えようとすると、肝心のひとつも伝わらなくなる。

ましてや相手の前で頭を下げて礼を言ったり、お悔みを述べるのとわけが違う。それを手紙で済ませるのだから、ひとつに的を絞るのがよい。

シンガーの井上陽水さんから手紙を貰った時、旅先の宿の便箋か何かに、何か詫びというか礼というかそんな内容があった。その文は、手紙は思い立った時に書くのが良いと誰かに聞いた覚えがあるとはじまり、電車の中で書いているとあった。陽水さんの姿も浮かんで、忙しいのに済まないことだと思った。

そのせいでもないが仙台から手紙を書く時は仕事場の窓から見える風景を書く。

返事、礼状がすぐ来るのは年長者が大半である。作家の阿川弘之さんは本を送って、翌日には自筆の葉書が届いた。届けた郵便夫をその場に待たせて書かれたのではと思ったほどだ。以降本を送るのをよした。

字は丁寧であればそれでいい。

字があまりに綺麗な女性からの手紙を眺めると、いったい何通恋文やら交際の断りの手紙を書いたアマかいなと思ってしまう。

あんまり下手で、抽象画に近い文字も、この人大丈夫か、と思うことがある。

手紙はS子さんの絵と同じに書くのがよい。相手を慮ることが大切だ（意味は辞書で調べなさい）。

自分の言葉で話す

いやはや驚いたと言うか、ただただ感心させられた。松井秀喜さんの引退セレモニーの挨拶である。

あらたまった席での挨拶や、人前で話をすることが私が不得意なせいもあるが、あれだけのスピーチをメモも用意せずに話せる日本人がいったい何人いるだろうか。

五万人の観衆の前で、己が伝えなければならぬ話を順序立てて、しかもひとつひとつの語尾をしっかりと発音し、次に語るべきことを話していく。しかも全体を通して話すべき内容の本筋がいささかもぶれることがなかった。

最初、スピーチを聞いていて、

——この人は本当に頭脳明晰な人なのだ、
と再認識した。

よくまあこれだけの男に、逢う度に、

「君、その日本語の使い方はおかしいから。きちんと話をしなさい」

と注意をしてきたと赤面してしまった。

スピーチを聞いていく内に、私はひとつ奇妙なことに気付いた。

それは、あれだけの内容と長さ（約四分間）のスピーチをとどこおることなく語ったのだから、紙に書き、練習もしただろうが、それを一字一句間違いなく話そうとしたら、ああいうスピーチはまずできない。

——これは覚えてきたものではないな。

と途中でわかった。

そう感じた時、私はこの青年の素晴らしさと、同時に日本語が本来持ち合わせている力をあらためて知った。

話すという行為はやはり生きる上で大切であり、話すことで理解を深めたり、相手の心情が伝わるのだと思った。

十年前、日本球界を去って行く折、彼のスピーチを聞き、日本で今一番美しい日本語を話せる若者と、私は或る週刊誌に書いたが、今もう一度、日本のプロスポーツ選手で一番美しい引退スピーチをした青年、いや男という言い方でいいのだろう。

しばらくは語り草になるスピーチだろう。

日本プロ野球の引退スピーチの代表は、長嶋茂雄氏の後楽園球場でのスピーチである。〝私は今日引退いたしますが、わが巨人軍は永久に不滅です〟。イイスピーチダナー。

このスピーチも、あらかじめ用意した文を読んでいたら、ああはならなかったはずだ。

——なんだ、そんなところまで二人は似ているのか。

野球に関しての引退スピーチで有名なのはヤンキースの名選手、ルー・ゲーリッグが〝私は世界一しあわせな男です〟と語った一節で、今も語り継がれている。

ゲーリッグも決して話の上手い選手ではなかった。むしろ口が重い選手で取材に来た記者達泣かせだった。

そう考えると、聞く人に何かを与える（感動と言ってもいいが）スピーチは、名文を読むことではなく、伝えようとする話の軸をきちんと踏まえ、あとは自分の言葉で、いかに誠実、丁寧に語っていくかしかないのではなかろうか。

――あっ、そうか。それでわかった。

何がですか？　私が話が下手な理由である。

まず軸というものがなく、誠実、丁寧とはほど遠い所で生きているからである。

まあ私のことはどうでもいい。

それでも挨拶というものは厄介であり、壇上などを降りる時に大半の人がしかめっ面になるものである。


挨拶の肝心を少し話す。

挨拶というものはまず短いことが肝心である。光陰矢のごとし、長い話を聞いている余裕はないのである。長い挨拶は、話をまとめて来ないでよくまあしゃあしゃあと話をしているものだ、少し頭が鈍いんではないか、と思われるのが（聞く人は口にしないが）普通である。

次によく聞き取れる声（または発声）でなくてはいけない。志ん生と小林秀雄（文芸評論家）の声がそうである。そうして最後に、これが大切なことだがユーモアがなくてはいけない。

私の知る限りでは、今日はどんな挨拶をするのだろうかと興味深く聞く人は一人しかいない。私の兄がわり（腹違いじゃありませんぞ）のS社のS治氏である。この人の挨拶は実に簡潔で、当を得た挨拶である。声も通るが、話の主旨もすっきり通っている。要は話の順列と言葉の選択にセンスがあるのだ。

これだけの人でも自社のラグビーチームがいささかでも劣勢になると審判を罵倒する。以前、ラグビー観戦の折は、品性、人格を家に置いてくるのではと書いたが、ラグビー観戦は或る種、関ヶ原の小山の上で合戦を眺めて大声で指示をしているのと似ている。この大兄、世が世ならひとかどの武将になったかもしれぬ。だから信長も家康も相当品がなかったのではないかと私は思っている。失礼。

孤独を感じなさい

私は乗り物に乗ると、車窓を流れる風景を見るのが好きだ。

子供の時の癖でもあるが、初めて汽車に乗った時、窓辺に頬杖をついて視界にひろがる風景を見てワクワクした。

大人になった今でも、ヨーロッパへむかう飛行機の小窓からロシアのツンドラ地帯に道や建物を見つけると、どんな人が生活をしているのか、もし自分がここが故郷であったらどんな人生になっていただろうかと思う。

移動する乗り物で思考すると、脳の動きがすこぶるいいという人が多い。

旅はさまざまなものを人間に与えるが、旅は同時に、自分とは何か、を考える機会にもなる。若い時は特にそれが顕著である。誰一人知らぬ、言葉もわからぬ土地で、孤独を感じれば、まず自分っていったい何なのだ、と思わざるを得ない。日本にいて家族、友人と過ごしていれば、そんな機会にはなかなかめぐり逢わない。

車窓を開ければ風も入って来る。風は季節、時間の流れも教えてくれるし、五感を鍛える。だから私は窓の開かない高層ビルに暮らしている人は人間の暮らしをしていないと考える。四六時中、そこで育った子供は情緒を身体に育むことが難しいと思う。そういうビルで日々働いている者もしかりだ。

そんなことはないって？

五十年過ぎればわかる。いや三十年でもいいだろう。

この頃、人間が善しとしてなしている行動でも、それは間違った道を進んでいることがあるとようやくわかりかけてきた。

私は歯科医院へ通ったり、先輩に逢いに行く時には電車に乗って行く。

歯科医院は東京の阿佐ヶ谷にあるので御茶ノ水から中央線に乗る。

先日、乗車し座った席のむかいとこちらに七人ずつの乗客がいて、（私を除いて）十三人中八人が携帯電話、スマホを真剣な目で見ていた。外は青空で少し暑いが綺麗な積乱雲が光っていた。そんなことを勿論、彼等は知ったこっちゃない。

奇妙なことに彼等は皆同じ表情で同じ目の色をしていた。ごく普通の、日本の日常の風景であると大半の人は思うかもしれないが、私には異様に映った。

スマホの中には何があるのか？

データがあるだけでしかない。そのデータを或る種の答えと錯覚している人間が大半である。検索は、押す作業と引っ張られる作業をしているだけのことで、到達点と思われる所にあるのは答えではなく、状況もしくは今のところ、これですと伝えているだけのことだ。

これを若者、子供がやると、それが正解などと思ってしまう。無知とはおそろしいものなのである。

企業、会社でもパソコンは必需品である。一人のデスクに一台パソコンがあり、それにむかってキーを打つことを大半のビジネスマンは仕事と錯覚している。そんなもん仕事であるわけがない。なぜならキーを打って、何かに引っ張られているだけだからである。

仕事にとって一番大切な情熱、誇り、個性がパソコンの中に隠れているはずがない。

世界を変える素晴らしいアイディア、そして誤りを発見し修正できる能力はすべて、人間の本能に近い部分から誕生する。

朝から晩までパソコンの中にある情報、状況に身を置くことは間違いなのである。そんなものはコンピューターにさせておけばいいのである。

では肝心は何か？

五感で目の前の世界を読み、判断し、何をすべきかを決定していくことだ。

「五感ですか？」

そうです。文字を自分の手で書き、書きながら思考をくり返して行き、壁にぶつかればそこでまた考え続ける。誰も引っ張ってくれない行動の中にだけ、個性、次代をより良くする道への扉、鍵が隠れているのである。

私の先輩の会社が、週に一日、三時間はパソコンを閉じよ、という仕事のやり方を試行している。考えた末か、いや一番大切な「人間の勘」がそれを決定させたのではと思う。

若者よ。そういう企業の門を叩きなさい。そこに必ずまぶしい未来があるはずだ。

失ってみてわかることがある

週の初めに一日仙台に出かけた。

自宅があるのだから帰ったことになるが、出かけたと書いたのはトンボ返りで東京に戻らねばならなかったからだ。

日本文藝家協会から講演会をやって欲しいと言われた。今年は地方に協会の存在をアピールしたいので、仙台をあなたに引き受けて貰いたい、と今年の初めに連絡があった。申し出た協会の理事が作家の関川夏央さんだった。

この三年余り、関川さんの著書『子規、最後の八年』(講談社刊)を読んだお蔭で、私が連載している同じ子規の小説を組み立てる折に大変参考になり、お礼の手紙をと思っていたので講演を引き受けることにした。

私は講演をしない。

しないと言うより好きではない。文章ひとつを書くのに四苦八苦している者が他人に何かを話して、話が通じるわけがない。だからよほどの事情がないとやらない。

なぜやらぬかと言うと、二十数年前、長野で講演会があり、競輪をやる資金も不足していたので引き受けた。一人で出かけてみると駅のプラットホームにあきらかに自分より年長の男が数人立って待っていた。電車を降りると、先生お待ち申し上げておりました、からはじまり、つまらぬ小説を書いている若造に大御所のごとく接する。そこからおかしいと感じていたが、街の名士は来るわ、会長、会頭の名刺が手の上で重なるわ、講演が終って会食すれば、本日のご講演を拝聴して感服いたしました、とくるわ（なわけないだろう）、帰りのプラットホームでまた最敬礼されるわ、で電車が動きはじめて、

――これを二、三回やられたら間違いなく私は日本一のバカになる。まったく無駄だ。

とバカなりにわかった。

それが好きだという輩がいるというのだから、日本の文化人というのはどうしようもない。それに一日をこんなことでつぶしては小説が書けるわけがない。

ところが人は生きて行くと事情をかかえる。

T田先生は家人の両親から世話になっているお医者さんである。患者と家族への親身な対応と迅速、的確な診療に家人は全幅の信頼を置いている。おまけに彼女好みの都会の匂いのする男前である。そのT田先生が数年前に開業され、開業まもない若い医師の会があり、そこで講演して欲しいと家人に言ってこられた。私にではなく家人に言ってくるのは我家の事情を察しているからである。家の覇権は、この家がはじまった時から家人が握っている。君主制国家のような状態である。北朝鮮や南米の一部の国で、あれは独裁制だと報道するが、我家に比べれば子供の遊びである。講演の申し出を告げられた。

「T田先生がどうしてもあなたに講演をしていただきたいと申しておられます」

「……………」

仕事が忙しい振りをして私は黙する。

「あなた！　私の話を聞いてらっしゃるのですか。昨夜も申し上げましたでしょう。夜中にノボ（私のバカ犬）にケーキを決して食べさせないようにと。それに夜中に部屋の中でゴルフスイングをしては困りますと、あれほど私が皆のことを考えて……、あなた聞いてらっしゃるんですか」

「わかった。喜んで引き受けると先生に伝えて下さい。それと君、相談だが」
振りむいたが、独裁者はすぐに姿を消す。

二日酔の身体で仙台に到着し、渡された地図を頼りに歩きはじめた。待合せの時刻までは一時間あったので喫煙所に座り、煙草をくゆらせた。見上げると六月の青空に風が吹いていて気持ちがいい。

——六月を奇麗な風の吹くことよ（子規）

「なんでまあこんな天気のいい日にこんなことになったんだ……」

すると顔見知りの若いご夫婦が私に手を振っていた。我家の家事を手伝ってもらっている奥さんとご主人である。

「あれ、どうしたの？　休みですか。もしかして講演を聞きに？　今日は文学の話だから訳わかんないよ」

「違います。ご挨拶を兼ねて。今、奥さまは帰りの電車でと間食を買ってらっしゃいます」

——えっ、来てんのかよ。

途端に緊張するが、講演は聞かぬというので安堵した。

関川夏央さんもわざわざ見えて、講演の後の対談をして下さる仙台在住の佐伯一麦さんにも挨拶した。私はこの人の『鉄塔家族』（朝日新聞社刊）なる作品が好きだ。数日前から『還れぬ家』（新潮社刊）と『光の闇』（扶桑社刊）を読んでいた。『還れぬ家』は私の父を思い出し、震災と合わせて息子と父は切ない関係なのだとあらためて思った。

「失うということが生きることを考えることなのかもしれません」

同感だった。

——この人が講演すれば良かったのに。

あれから三年の月日が経って

いったい何人の人が、我が家を失なったまま朝、夕の食事をし、ぼんやりとしたひとときさえも取り戻せないでいるのだろうか。
いったい何人の人が、まだ見つからない、まだ帰って来ない人を待ち続けているのだろうか。
いったい何人の子供たちが帰って来ない家族や友達や、離れ離れになった仲良しのことを思っていたりするのだろうか。
いったい何人のお年寄りが、子供や、孫やお茶飲み友達だった人のことを思い出して、うつむいているのだろうか。

そんな人たちのことを、私たちはこのままずっと思い続けていられるのだろうか。

一億三千万人の日本人のいったい何人が、あの日のことを風化させずにずっと胸の中に残しているのだろうか。

この頃の日本人を見ていると、そのあたりのことがひどく怪しく思えてくる。

いや、この頃にはじまったのではなく、別に日本人に限らず、被災者、当事者でなければ、惨事、惨劇というものはおそろしいスピードで忘れられていくものではないのだろうか。忘れてしまうことを悪いと言っているのではない。人間とはそういう生きものであると私は思っている。

家人が、時折、大きな地震の夢を見ることがあると聞かされた時、

――切ないことだ……。

と暗澹《あんたん》たるこころ持ちになった。

私の力では、彼女の夢の、彼女のこころの中の動揺をどうしてやることもできない。

私でさえ東京にいても物音に敏感になったり、軋《き》しむような建物の動きに身構えてしまうのだから、目の前で大事な家族を奪われた人々、ましてや子供はどんな思いで、海や空を見ているのだろうかと思う。

当事者でしかわからないものを、そうでない者が想像しようとしてもわかることには限界がある。

政治家は復興が第一だと平然と口にする。

行政もどうすれば復興にむかえるのかを真剣に考えているのはよくわかるが、あれがそうだと具体的なものが見えてこないのはなぜだろう。

私の家でさえ半壊したまま呼べども業者はあらわれない。近所も同じようなものである。工事をはじめない理由はおそらくこの界隈は皆お年寄りが住んでいるからだろう。保険金が出ようが、家を修理、改築するよりこの先の人生にかかる金を確保しておいた方がいいと判断するのは当たり前のことだ。

あと何年生きて行けるか、およその見当がつけば、自分たちは何とかこの家屋でやって行くから子供や孫に残してやった方がよほど有意義だと考えるからだ。

我が家も壁のひび割れはそのままだし、二階の書棚は歩く度に不気味な音がする。

もう一度、あのクラスの災害が来れば家屋は倒壊するのだろう。それでもこうして暮らすのが生きる日々ということだろう。

では仮設住宅ですでに三年を過ごしている人たちの心境はどうなのか。

福島の町を離れた人々はどうなのか。

家を建てる土地がない人はどうなのか。

阪神大震災の時もそうだが、ようやく落着くまでにはやはり十年近い歳月が必要なのではないか。

それでも北の地では再出発にむかって黙々と動き出している人たちがいる。

大半の人々は自分たちの力でやるしかないと思っている。国家が何かを助けるということは歴史の中で皆無といっていい。

亡くなった消防団員のあとに新しい若者が率先して入っている。亡くなった警察官のあとに若い警察官が着任し、また災害が起これば今回はこうしようと必死で勤務している。

そんな人たちは皆自分たちの力で、自力で次の世代へむかっている。

年寄りが増えたから高齢社会と言うが、年寄りが希望を失くしたり、子供たちの行く末を見守ろうとしなかったら、この国の礼節、誇りは跡かたもなくなるのではないか。

北の地ではあちこちでサイレンの音が鳴り響き、皆が黙禱し、忘れ得ぬことに涙する。これから先生きて行く教訓として……などとマスコミは口にするのだろうが、何人の日本人が隣人として哀しみをかかえた人々を見守るのだろうか。

第四章
やがて去っていく者たちへ

どうしてこんな切ない時に

今朝、目覚めて蒲団で胡坐をかいていると、家人が襖を少し開けて言った。

「勘三郎さんが亡くなりました」

「えっ」

そのまま蒲団から動けなかった。

——なぜ、あれが死ななきゃならん……。

真夏の暑い日、むせ返るようなゴルフコースのフェアウエーで穿いていた半パンツさえ暑くてかなわないと、半パンツの裾をめくってゴルフをしていた時に、勘九郎（その時はまだこの

名前だ）の白いお尻が見えて、

――この人は芝居以外はどうだっていいんだな。いい男だ……。

と思った。

どうしてこんな切ない時に、その人の白い臀部がよみがえったのか、よくわからない。

次に、あの独特の声が耳の奥から聞こえてきた。

「伊集院、ようやく来やがったか」

大阪、松竹座に〝髪結新三〟を見物に行って、京都からの道が少し混んでいて、小屋に入り席に座った途端、勘九郎の声がした。驚くと言うより、周囲の人が私を見て笑った。

やさしい男であった。

〝Dホーテ〟という昔、仁丹ビルの裏手にあった店で夜半よくでくわし、兄さん、兄さんと呼んでくれて、酒場で揉《も》め事があると、いきり立つ相方《そうほう》の中に知らぬ間に入って、喧嘩を仲裁していた。

「やめなさいって、この人はいい人なんだよ。本当にいい人なんだ。こっちの人もいい人って聞いてるよ」

それで場がやわらかく溶ける。

計算をしない、できない。それが自然と行動に出る。役者でなくとも上質な男だった。

父親（当時の勘三郎）との芸の上での対抗心、逸話を聞いて、羨ましい父子だと思ったことがあった。

あの年代では、性格、人への接し方、志し、才能で、群を抜いていた。

歌舞伎役者の倅だからと言って、皆が皆いい役者の資質を持っているものではない。それは噺家・落語家の倅がまるっきり芸がダメなことが多いのと同じで、世間の倅のイイとダメの割合いと同じで、歌舞伎役者の倅を何人か見たが、こりゃダメだという方が多い。名人の倅が名人になる確率は百分の一もありはしない。

ところが先代の勘三郎と勘九郎は違っていた。あの名人の十七代が倅の芸を誉められると本気で不愉快な顔をしたという。

鳶が鷹は世にいくつもあるが、鷹が鷹をというのはめったにない。

京都に住んでいた時代、祇園、先斗町《ぽんと》でよくでくわした。

――男前、男っ振りの良さというのは、こういう男を言うのだろう。歳を取ったらどれだけの男になるのだろうか、
と思った。

最後にあったのは、演出家の久世光彦の七回忌の席だった。

「ひさしぶりだね。もう身体はいいの」

「はい。この会はね、兄さんの連載エッセイを読んで来たんだよ。有難かったよ。もう大丈夫」

或る事で、私は彼と疎遠になった。

腹が立ったが、勘三郎の襲名、息子の襲名と祝い物を持って行く立場であるはずが、そうできないのが悔まれた。

腹が立っても、この人はそう思わせる純心さがあった。

「何度もお目出度《めでと》うが言いたかったが、今夜逢えて良かった。もう大丈夫なんだね」

「はい、もうこのとおり」

胸を叩いた顔がよみがえり、蒲団の上で舌打ちした。切ないことである。

役者の死は、なぜか、無念という言葉がまとわりつく。どうしてだろうか。

励み、汗しているものがあるからだろうか。それは一般の人も同じ気がするのだが。

春風や話し相手のたばこ入れ
道楽を人をほおむる春の風

蝶花楼馬楽《ちょうかろうばらく》の句である。

三代目馬楽で、大正三年に亡くなった。

ふたつの句は落語家の、普段の暇そうな感じが出ている。

春風やお内からだと傘が来る
夜の雪せめて玉だけとどけたい

年の瀬の落語家はさぞ大変だったろう。

大三十日狸ねいりも心から
いたずらに鳥影さすや年の暮
金玉の志巳《しみ》をのばして春を待つ

この人を紹介した矢野誠一著『志ん生の右手』（河出書房新社刊）の注釈には「志巳」はもしかして「志把《しわ》」とも読めるので、そうかもしれないとある。

私もそちらの方が面白く思う。

勘三郎は若い内から並大抵の艶気ではなかった。

別れとはそういうもの

年が明けて松の内に福岡から仙台までの飛行機に乗ったのだが、風が強かったせいか、よく揺れた。
今でも飛行機が揺れると思わず足を踏んばり、肘掛けを握りしめ、手汗を掻いてしまう。別に踏ん張ったから墜落しないってことじゃないのはわかってるんだが、身体が反応する。
歯を麻酔ナシで抜歯しても、身体のどこかを刺されてもたいしたことはないと思ってるのに、飛行機は苦手である。
去年の暮れ、成田空港の近くでゴルフをしていて、空を見上げて、あんな重いもんがよく空を飛ぶものだな、とあらためて感心していたが、やはり気になって口にした。

「キャディーさん、このゴルフコースに飛行機が不時着したことはまだないの？」

「私が来てからはまだありません」

「あっ、そう……」


仙台空港に着くと狭い飛行機の階段を降りて滑走路の見える場所から少し歩かされた。すでに冬の日は暮れていて、

——この広い場所に3メートル近い津波が千台近い車とともに押し寄せてきたんだ。

と何度も立ち止まって周囲を見た。あらためて、あの日のことがよみがえった。

顔見知りの運転手さんの車に乗った。

「いや去年の暮れの地震ビックリしました」

「ああ、12月7日の？」

「はい。私、ここ（空港）にいまして。すぐに車を捨てて空港ビルに避難させられました。携帯の地震警報がギュイ〜ン、グウィ〜ンと音を立てて震源地を見ると三陸沖で、その数秒後にガタガタと来た時、あっ痛！　また来やがった、と思わず口走りました」

——うん、うん、わかるな、その、〝あっ痛、また来やがった〟って感覚。

あの夕刻の地震で仙台市内の車は大渋滞し、ガソリンスタンドは一杯でパニックに近い騒ぎだったそうだ。

私はあの夕は都内のホテルで文学賞の選考会の最中だった。先輩作家が、どうしよう、大丈夫？　と発した時、私は、大丈夫です。取りあえず机の下に入って下さい、と指示していた。机の下から声がした。

「ねぇ、本当に大丈夫なの？」

「大丈夫です。私の携帯電話に震源地が出ませんから、関東近辺ではありません」

携帯電話が役に立つってこのくらいしかないんだろうナ。

去年の年の瀬、友人のOが亡くなった。

二年前の年の瀬Oから電話が入り、声が嗄《かすれ》ていた。

「どうした風邪か？」

「いや肺癌だ」

「肺癌で声はそうならんだろう」

「転移してる。あと三ヵ月らしい」

「……そうか」

「周りが泣きわめく。なんとかしてくれ」

「俺は医者でも牧師でもないからな。それより思い残すことはないのか」

「ヤマほどある」

「そうだろうな。死ぬ前に何かできることはあるか」

「そうだな、死ぬ前におまえの本を一冊出版したかった」

Oは私の田舎とその近郊でトップの印刷会社を経営していた。

「わかった。何とかしよう。その前に他の医者にもあたれよ。一冊、思いあたる本がある。それまで生きろ」

「わかった」

去年、私は『贈る言葉』（集英社）を出版した。それをOが作ってくれた。

別にその出版があったからではないが、余命三ヵ月が一年近く踏ん張った。ワインが好きというから家にある良いというワインを送った。電話をしてきたOが言った。

「こりゃイイ。年末におまえが帰ってきたら一緒に飲もう」

「そんなもんすぐ飲んでしまえ。また送る」

「いや一緒に飲む」

去年の後半になり、何度か危ない時が来た。

「お医者さんに相談して帰省の日に合わせて薬を投与してます。愉しみにしてます」

奥方に言われた。

声は聞かなかった。苦しい時はそれを聞かせる方も聞く方も耐え難い。

明日、帰ろうという夜に訃報が入った。

別れとはそういうものか。やはりこたえた。腹も立つが、受け止めるしかない。

高校からの同級生で、OとOのオヤジに私の家族は世話になった。オヤジは人を差別しない人物で、Oと親子二代で故郷の町の商工会の会頭を引き受けていた。

貧乏な学生時代、Oの下宿に転がり込み、馬券が買いたくて、Oがオヤジから買ってもらい大切にしていたトランペットを質屋に入れ、Oを怒らせたことがあった。そんなことを笑い話にしてくれる鷹揚な性格だった。

Oは私を田舎の自慢にしていたが、本当の所は、Oが私にとって自慢の友であった。

いい男から順にいなくなる。まったくつまらぬ世の中である。

よく見なさい

二月の最終週、ようやく朝の雨が降った。

さらさらした春の雨である。

厳冬のせいもあり、年が明けてからの朝は、霙《みぞれ》か雪になった。

南の方で育ったせいか、寒過ぎるのはやはり苦手なのだと、今年はつくづく思う。

雨はやはり銀色に光るくらいのものの方が風情があってよろしい。

その雨が止んだ午後、上野公園へ展覧会を見に出かけた。

書の展覧会である。

〝書聖　王羲之〟と題され中国の書道家の作品が展示してあり、東晋の時代に生きた王羲之が中心だが、隋、北宋、南宋、元、明、清の各時代の書道家の作品もある。

これで五、六度目の見学である。

四十日余りの開催だから週に一度は訪れたことになる。

書の展覧会だからさして混んでいないだろうと、時間帯を変えて行ったが、まあよく混んでいた。高齢者が多い。そうだろうナ、若い人は書なんぞ見ないものナ。

今日はこの人の書を見ようと行くのだが、作品の前は人だかりがしていてなかなかゆっくり見ることができない。

私が見たい作品は第二会場に多くあった。第一会場は、王羲之の作品が中心で、そっちはいつもえらく混んでいる。第二会場になると見物客も皆が疲れているせいか、空いているのだが、大半の人が息切れしていて、それが伝わってきて、並んで見ていると変な感じになる。何匹もの老犬が舌を出して隣家を覗いているのに似ている。疲れが伝染する。

半日ゆっくり見てみたい、と思っていたが、とうとうそれができなかった。

それでも通ううちに、最初はよくわからなかった作品が、ああこういうところが他の書家と違っているのだ、とわかってくるから不思議なものである。

母が昔、言ったことは真実だったとあらためて納得し、それがわかるまで五十年近くかかったのか、と自分が情なくなった。

私は書を母から教わった。早いうちに書道の教室に通わされ、習ったことを母の前でもう一度書かされた。正直、嫌でしょうがなかった。新聞紙が真っ黒になるまで同じ文字を書くのだが、いい加減にやっていると、どうしてわかるのか、叱られた。

母は一冊の古い手習い帖のようなものを持っていた。それを確認して、私にも見せていた。

「なぞっちゃだめだから、よく見て覚えないと……。見てれば字が身体に入ってくるものだから」

——そんなわけないだろうよ。字がどうやって身体に入るんだよ。

「いい字は姿勢がちゃんとしてるのよ」

——何を言ってんだか。

それがこの日、北宋時代の米芾《べいふつ》、元時代の趙孟頫《ちょうもうふ》の作品を見ていて何とはなしに母の言っていたことがわかる気がした。

書には、表情がある。

二、三度目はよくわからなかった。やはり絵画と同じで何度も鑑賞しているうちに絵画の方から何かがやってくる。妙なものだ。

王羲之は晋の時代、西暦三百年代の初めに生まれた人だが、この人の書がその後千七百年間、すべての書家、書に影響を与えてきた。こういう例は書以外にはない。

王羲之のどこがいいのか、と問われても、私にはよくわからない。わからない時は「よく見ておけばいいのよ」という母の言葉に従って二度、三度まじまじと見たが、やはりわからない。それが少しだが、こういう感じなのかと思うようになった（それだけのことだが）。おそらく死ぬまで身体から失せることはないのだろう。

カタログを三冊買った。一冊はパリの友人に届ける。私に書帖をわざわざ送ってくれた、六区にある素敵なお茶を売る店の中国系フランス人のマダムである。

会場を出た所に店が出ていて筆やら硯《すずり》の即売会をしていた。

篆刻《てんこく》を売っている。初日に〝静〟の安いのを買った。捺してみると何だか軽い。だいたい伊集院静という名前が軽いというか、私に言わせると、ズイブンな名前ですな、と普段思っているから仕方ない。それで本名の〝忠〟という篆刻を見せて欲しいと言うと、中国人のオヤジが、これが最高だ、と見せてくれた。悪くないが……。

「いくらだね？」

「一万四千五百円よ」

「バカを言え」

「いやこれは瑪瑙《めのう》よ」

「バカを言え」

「お客さん、わかってないよ。バカは失礼だよ」

「バカを言え」

「お客さん、買うの、買わないの?」

「バカを……、買うわけないだろう」

どうも日中関係はこの所上手く行かない。

どこへ行ってたの？ 君

先日、銀座のクラブMで席に着いてしばらくしたら、見るからに好々爺の白髪の紳士がウィスキーのボトル一本を手に私にむかって歩いてみえた。

「あっ、メイショウさんだ」

私はすぐに立ち上がり、ご無沙汰しています、今夜はまたどうして上京を？ と訊いた。

メイショウさんとは周囲が親しみを込めて呼ぶ名前で、松本好雄さんである。播州、播磨の人である。本職は技術屋である。たしか街工場で発動機造りからはじめた人だ。

世界の大型船舶はこの人の会社（㈱きしろ）がなければ動かない。エンジンのクランク軸の

四割を明石の工場から出発した会社がこしらえている。痛快な話だ。技術国日本の底力がこういう会社でわかる。

メイショウさんと呼んだが、これは明石の松本で明松《メイショウ》としたらしい。だが本当の所は子供の時からの将棋好きで〝名将〟だと言う。

メイショウと言ってわかるのは競馬ファンである。馬主でもある。

馬主という人種は日本でも海外でもまともな人間は半分以下である。作家で馬主は菊池寛に代表される。菊池は友情には厚いが、その素行を見れば、彼がまともだったかどうかは皆知っている。馬主に紳士はまずいない。

メイショウさんはその中で数少ない紳士の代表である。

銀座のクラブでウィスキーを手に笑う翁に、なぜ上京を？　と訊けば、オークスです、と笑った。

「今年はオークスに出るお嬢さんが？」

「はい。メイショウマンボです」

「そりゃ楽しみですね」

と言ってから、待てよ、たしか五、六年前にメイショウサムソンが秋の天皇賞を勝利した前々夜、銀座のクラブで出逢い酒をご馳走になった。そうして二日後愛馬は勝利した。

なぜ記憶しているか。私は銀座で酒を奢《おご》られることはまずない。食事もしかりだ。遊ぶのに人の金のやっかいになるのは大人の男のすることではない。御馳《ごち》になるのはS大兄とこの翁くらいだ。

翁はGIレースに勝つのに二十八年間かかっている。理由は北海道の浦河町を中心としたちいさな牧場が家族で手塩にかけて育てた仔馬を優先して購入してきたからだ。もしかしてそれは翁の街工場からの出発と重ね合わせているのかもしれない。信念があるのだ。

昔からの私の読者は（数人しかいないが）、伊集院、信念なんて書いて、あんたの魂胆は馬券の情報だろう、と思われるかもしれないが、私は武豊騎手の仲人をさせられてから馬券の山買いはやめている。

翌夜、体育会の後輩に常宿まで送られ、バーで少し飲むと目の前に競馬好きのバーテンダーがいた。明日も買うの？　ええ、まあと浮かぬ顔だ。以前、武豊騎手とここで飲んだ時に喜んでいたバーテンダーだ。このところ的中してないの？　ええ、まあ。当たり前だ、馬券が初中後《しょっちゅう》的中しているのはバカである。

私はメイショウサムソンが勝った秋の話をして、今回ももしかして、とメイショウマンボの単勝、複勝を頼んだ。

翌日、メイショウマンボに騎乗した武幸四郎騎手（武豊君の弟）がヒーローインタビューで泣いていた。翌週がダービーで兄の武豊騎手がキズナという名前の馬で挑む。

——ムードとしては武家に花風が吹くか。

もうすぐ仕事量をまた倍にする。五十歳代から比べると四倍である。二倍を数年やり、慣れたところで飲みはじめたら毎晩の酒が無駄だとわかった（今頃わかるかね）。それで昼間の運動を増やすついでに仕事も増やす。

どうなることか。その予行演習でこの数日は徹夜が続いている。作家は小説が本分である。

武豊騎乗のキズナが直線の最後でエピファネイアを半馬身差し切った。東京競馬場はユタカ、ユタカのコールで地響きがしたらしい。インタビューで武君が言った。

「僕は帰って来ました」

——どこへ行ってたの？　君。

何事も慎み深く

「泣きそうになった」
あの松井秀喜にして、思わずそうなったのだから、よほどの歓喜でヤンキースタジアムは彼を迎えたに違いない。
数あるメジャーリーグの本拠地でヤンキースタジアムほど特別なファンをかかえた球場はない。
チームの輝かしい歴史もさることながら、選手に対しての手厳しさは全米で一、二を争う。そのヤンキースファンが総立ちで一人の日本人選手を迎えたことは驚くべきことである。この先同じことが起こるとは想像できない。

かつてのヤンキースの名選手に並ぶ記録を打ちたてたわけではない。二〇〇九年のワールドシリーズでのMVPはたしかに素晴らしい活躍だが、ワールドシリーズのMVPはヤンキースには何人もいる。

ではなぜ、松井がこれほどまでファンの気持ちをつかんだのか？

松井が入団して一年目、ニューヨーク・タイムズ紙にこれまで選手を語るのに一度も使われなかった言葉が見出しを飾った。

〝MODESTY〟＝謙虚な、慎《つつし》み深いという意味である。見出しは、

〝A STAR MODESTY INCLUDED〟＝慎み深さを知っているスター。

それ以降、ヤンキースファンだけではなくメジャー野球のファンから松井は、或る敬愛の念を抱いて見られるようになった。

二〇〇六年五月、対レッドソックス戦でレフトの守備についていた松井は、打者の打った浅いライナーにむかってスライディングキャッチを試み、その折にグラブの先が芝生に引っかかり左手首を複雑骨折した。救急車で病院に運ばれ怪我の具合を宣告された後、彼はマスコミにむかって、〝大切な時期に戦列を離れてしまいチームに申し訳ない。済まないと伝えて欲しい〟と語る。地元の記者たちは驚いた。ゲーム中に負傷してチームに謝罪した選手などそれま

でのメジャー選手には一人もいなかったからだ。

——ヒデキマツイはいったいどういう精神の構え方をした選手なんだ?

松井の謝罪をアメリカ人は理解できたか?

私の答えはノーである。

彼等にそれは理解できない。

それは彼等が考える謝罪のケースではないからである。日本人なら自分の怪我で皆に迷惑をかけたと理解できる。松井は日本人であることを何ひとつ変えようとしなかったのである。

理解はできなかったが、少なくともヤンキースファンには松井が他の選手とどこか違っているという印象は残った。この頃から松井を応援するアメリカ人が増えはじめた。妙なことだが、ニューヨークの酒場や、球場にむかう電車で、私は、日本人かと尋ねられ、松井を誉め、好きだという人たちと逢うようになった。その人たちに共通しているのは生真面目そうな人が多い点だった。


野球というスポーツは、野球の神様がいる、と言われるくらい、その仕組み、ルールの奥が深く、そして実際のゲームで時には奇跡と呼ばれるプレーが生まれる。その魅力を一度知った人は離れなくなり、己の人生とともにベースボールゲームを見つめる。

そういう人にとって一度信頼したプレーヤーは特別な存在になる。部屋の壁に写真を貼る人もいれば、自分のラッキーナンバーを55番にする人もいる。その人に何かを運んでくれる天使のようにさえ思えてくる。

数えたわけではないが、私は松井がヤンキースにいる間、本拠地ヤンキースタジアムを含めて百ゲーム以上野球場へ出かけた（仕事してなかったんだナ）。マイアミ、ボストン、ミネソタ、シカゴ、トロント、シアトル、サンディエゴ……。どの球場に行っても松井は人気があった。アウェーの球場で、時折、55番のTシャツを着ている少年に出逢うと声をかけた。不思議とおとなしい少年が多く、彼等の両親と話すと、普段はおとなしくて引っ込み思案のこの子がマツイ選手を一目見てファンになり、球場に行くと言い出したの、と嬉しそうに話してくれた。

子供にしか解り得ない彼の魅力があるのだろう。

毎朝、テレビで松井がグラウンドに立つ野球中継を見るのが何より愉しみだった。私も家人も大声を上げて喜んだり、口惜しがったりしたが一度だって彼のプレーに失望することはなかった。彼はいつだって、その時にできるベストを尽くしたからだ。

いつの日か、青い目をした大人の男が言うに違いない。

「私は少年の日、マツイのプレーを見て何度も勇気づけられました」

人間の善し悪し

先日、銀座の或る小料理屋で隣り合わせた紳士に声をかけられた。

「今でもどっぷりギャンブルに漬かっていらっしゃるんですか?」(あなた私は漬けものじゃないんだから)

「いや、もう昔のような打ち方はしていません。仕事に追われていて面目ない」

「でもお酒は今でもヤマクソ飲んでいらっしゃるんでしょう?」

「いや、もう以前のような無茶な飲み方はしません。翌日が仕事になりません」

「あれ、そうですか。このあいだも靴を履いたまま床に寝てベッドまで這い上がれなかったと書いてありましたよ」

　初対面の人だが、それでも言葉から、身体に気を付けて働いて欲しい、という男同士ならわかるニュアンスが伝わる。

　大人の酒場、飯屋で見知らぬ人と居合わせて、その人の話にうなずける夜がある。

「松井秀喜はよく頑張ってるよな。俺はあの男が好きだな。イチローもいいのだろうが、俺はなぜだかマツイがイイんだな」

　そんなことを隣りで言われようものなら、オヤジ、店にある酒を全部この方に差し上げてくれませんか、と言いたくなる。


　酒場の酒は飲めばそれでいいように思われようが、これがなかなか難しい。酒場には酒場の暗黙のルールがある。

　父は私が酒を飲みはじめた時に言った。

「おまえ、酒は身体に合うのか」

「はい。どちらかと言うと合うのかもしれません。嫌いではないです」

「そうか。なら言っておく。酔うな。黙って飲め」

「えっ？」（酔うために飲むんじゃないのか）

「酔いたい時は一人で飲め」

「はあ……」

母にそのことを尋ねると言われた。

「酒に呑まれるなということをおっしゃってるんでしょう。父さんは酒場だけではなく騒ぐ人が嫌いだから」

父の言葉の意味がよくよくわかったのは何年もしてからだった。酒の上の失敗、喧嘩、自己嫌悪を覚えてようやくわかった。

飯屋にしても酒場にしても馴染みの店に通うようになったのは、今夜は酒に呑まれてないか、自分ははしゃいでいないかが店の人の顔が鏡になってわかるからだ。

座る席も、テーブルもほぼかわらない。だから自然と周囲の人も同じ感じで飲む人が多くなる。顔見知りもできる。

酒場の友とは悪いものではないし、思わぬことを言われて、そうか私はまだ青二才なのだと気付かせてくれることもある。

春先、酒場の友の顔が元気がなかった。

——どうしたのだろう？

とママに訊くと、母上が亡くなったと聞かされた。

数日後、店が仕舞う時刻、そのT居さんが顔を出し、御悔みを言うと、母上の話をしてくれた。

「こんなヤンチャでバカな息子を本当に大事にしてくれたオフクロだった」

五月晴を思わせる真昼時、築地の寺へ出かけた。通夜、葬儀でよく言うが、〝雨でも降られたら参列者に切ない思いをさせる。故人は人を思う方だったからきっとお天道様にお願いをされたんだろう〟。そういう空だった。

大きな葬儀で驚いた。そうだったのか。

私は酒場の友が何をしているかを問わないし、酒を飲む様子を見れば人間の善し悪しは自然とわかると考えている。逆に大会社の大社長であろうが大金持であろうが礼儀のない酒をやる輩は卑しいと思っている。

いい葬儀だった。

ひさしぶりに実《じつ》ある弔辞を聞いた。

一人は獣医の先生（先生より偉いのかもしれないが）。まだ若い頃、若手だけの勉強会にわざわざ東京から鳥取まで使いの人間を出して応援させて欲しい、と友の母が申し出られたという。研究会も積極的に応援されてそこからやがて十五人の学者が輩出したという。もう一人は千二百人の社員を代表しての弔辞で、母上（創業者と言うべきか）が社員にこう言われたという。〝一流の製品を作り、一流の人たちがこれを売り、社会に役立つことが何より大事だ〟〝目標は高ければ高い方がいい。懸命にやり続ければいずれ達成するのだから〟そこらあたりのビジネス書を読むより何倍も実がある逸話であった。

母上は当時、まったく市場がない北海道で自社の製品を知ってもらうために吹雪の極寒の日に自ら牧場、農家に足を踏み入れたという。〝こういう日だから会ってもらえるのです〟と言われたそうだ。思わぬ言葉だった。しかも女性である。

――そうか、これが日本を築いてきたのだ。

社員はしあわせだったろう。友は喪主の挨拶でこう語った。

「厳しい人でしたが明るいことも大好きで、私が裕次郎の『わが人生に悔いなし』を歌うとそっと近寄ってきて〝私はあなたを産んで悔いだらけだ〟と言われました」

――好きだな、こういうところが。

とは言え、息子にとって母の喪失は計り知れないものがある。酒場で逢えばグラスを掲《かか》げるだけである。

世に人物はいる

暮れになると酒を飲む機会が増える。
まあそれは一般の人の話で、私の場合、盆も暮れも関係なしに飲んでいる。
それでも二十代と比べると酒量は減っている（当たり前か）。今でも、時折、理由もなく飲み過ぎる夜があるが、朝まで飲んで陽がかなり昇っている中を、酩酊しているバーテンダーと青山通りを手をつないで歩き、別れのハグとキスなんかして通学中の女子中学生を驚かすようなことはなくなった。
寒空の下、公園のベンチで寝ている朝もしばらくない。なにしろ今の家人と暮らしはじめて、最初に命じられたのがコートの内生地が毛布地のものを着て行きなさい、ということであった。

つい先日、初対面の人に言われた。

「昔はずいぶんとお飲みになったそうで」

「いや飲み過ぎたせいか、覚えていません。でも少し弱くなった気がします。以前は一晩でウイスキーなら十本くらい飲めました。今はせいぜい一本空いたら肩で息をしてます」

「えっ？」

人は歳を取ると酒量も減り、酒場の引き揚げ方が上手くなると聞いた。

そんなことでいいのだろうかと思う。

私が東京の常宿にしているホテルで以前から気になる老人がいた。ホテルの中にある三ヵ所のバーのカウンターの隅にその人が座ってウィスキーを飲んでる姿をよく見かけた。

その老人にむかってホテルのバーテンダーたちがとりわけ丁寧に挨拶する。

――なにやら古くからの上客なのだろう。

と私は思っていた。

或る夜、私はトップバーテンダーのNさんにその老人の話をした。要領を得ない。

「ほら子供くらいの背丈の人ですよ」

「ああI先輩のことですね。あの人は私たちの大先輩でして、ここのバーテンダーは皆あの人にイチから教わったんです」

聞けば、そのI老人はこのホテルの先々代の社長がホテルのバーを日本一にしたいと頭を下げて有名ホテルから引き抜いて、来てもらった人という。

「そんなに素晴らしいバーテンダーなの」

「まず日本であの人と肩を並べられるバーテンダーは数人しかいなかったと思います」


一九七二年冬、札幌で冬季オリンピックが開催された時、選手村のチーフコックは決まったが、さて冬の祭典であるから酒はつきものゆえに、日本中から誰をチーフバーテンダーに選ぶかが話し合われた。選ばれたのがIさんだった。あらゆる国の酒をきちんとこしらえることができ、なおかつお洒落、粋な人材。Iさんの名前が出た時、反対者はなかった。当時、日本に何千人のバーテンダーがいたのだろうか。名人であったのだろう。

――それでこのホテルのバーテンダーはしっかりしているのか。納得した。

「それで定年退職後も皆のことが心配で時々顔を出してくれているんだ。いい人だね」

「…………」

私が感心して言ってもバーテンダーたちの歯切れがいまひとつ良くない。

七十歳はとうに過ぎ、私の身体の半分しかない体軀で後輩を心配してやって来る。

「美談じゃないか。もっと感謝しなくちゃ」

「……いえ、あの、実は……」

「何ですか」

「I先輩はお酒が人一倍、いや人の十倍お好きでして、一度顔を見せられるとボトル一本を注文して、それを飲み切るまで席を立たれないんです」

「あの歳の、あの身体で？　嘘でしょう」

「いいえ、本当です。Iさんの家族も心配されて、初中後酔って怪我もされますし。チーフのNさんが最後にタクシーを呼んでお乗せするんですが、タクシーのドアの上を両手で握りしめて、両腕を突っ張ったまま乗ろうとなさらないんです。それを皆でかかえてお乗せするんです」

「本当なの？　Nさん」

かたわらにいたNさんは唇を結んだままうなずき、失礼なことですが、そうしないと先輩の健康にさわりますし、と少し怒ったように言った。

——いい話だな……。

関取の大関が宴席で五升を小一時間で飲んだ話よりも格がひとつ上の話だ。横綱のバーテンダーである。第一、飲み方に情緒がある。イチから酒の作り方、客との処し方を厳しく教えた後輩たちの親切を、ちいさな身体で両腕を突っ張ってタクシーに乗らないと踏ん張る姿勢、生き方がよろしい。

——尊敬しちゃうな。世に人物はいるのだ。まだまだ世間は捨てたもんじゃないじゃないか。今の自分が恥かしくなる。

今年の夏、Nさんも定年退職した。

Nさんのこしらえるドライマティーニは絶品であった。Nさんに逢えたことは私の至福でもある。

同じ酒を使い、同じ氷、同じグラスで酒をこしらえる。それなのに味は天と地の差が出る。バーテンダーは妙な仕事である。私は社会の中の上等の仕事のひとつと思っている。

哀切のない人間なんて

柿くへば鐘が鳴るなり法隆寺

この句は明治二十八年、正岡子規、二十九歳（数え年）の秋に発句したものである。新聞記者であった子規はこの年の春、日清戦争の従軍記者として初めて日本を離れ、外国の地を踏んだ。

すでに何度かの喀血をくり返していた子規の渡航に周囲は反対したが、あと何年生きられるかわからぬ自分は死ぬまでに一度渡航をしてみたいと皆を説得し、清国へ渡る。

すぐに戦争は終結したが、日本へ帰る船の中で子規は大喀血をする。

ほとんど半死状態であった子規は奇跡的に恢復し、故郷、松山に戻る。

松山には帝国大学を出て、英語教師になった夏目金之助、のちの夏目漱石が着任していた。同い年の二人はひとつ家で暮らす。

やがて子規は最後の仕事をすべく上京する。上京の途中に奈良へ独り旅する。

その折、店の女が出してくれた御所柿を剝いてもらっている時、どこからともなく鐘の音が届く。東大寺の鐘と思われる。

その風情ある場面を法隆寺に置き換え、子規は四ヵ月後にこの句にした。

私はこの句を教科書で知ったように思う。

この句が名句かどうかはわからない。ありきたりのものに思えるから、そうなのだろうとも思う。


子規はその生涯で厖大な量の俳句、短歌、小文、そして小説を残しているが、俳句に関しては若い時の作品はありきたりのものが多い。ところが晩年、死を覚悟してからは作品の質があきらかに変わる。

子規とは、ほととぎすのことで、血を吐いた自分を彼は血を吐くまで鳴くというほととぎすにたとえて俳号とした。

親友、夏目金之助に、漱石の名を提供したのも子規であるらしい。子規は若い時に漱石という俳号を実際に使っている。

この独り旅に出る子規に漱石は送別会の席で句を送っている。

見つつ行け旅に病むとも秋の不二

不二とは、勿論、今世界遺産とかで五月蠅《うるさ》い富士山のことである。

喀血をくり返す友が汽車の窓から美しい富士を望んで欲しいと句にしている。

私は明治人のこのような男同士の友情を美しいと感じる。口にしたいことは山ほどあっても大人の男はそれを口にするものではないと考える時代があったのである。

現代の大人の男は思いついたことをすぐに口にする。その大半はつまらぬ一言である。

明治三十五年、子規の死の報せを二ヵ月後のロンドンで聞いた漱石は、その夜、一人部屋に籠もる。

手向《たむ》くべき線香もなくて暮の秋

きりぎりすの昔を忍び帰るべし

遠い外国の地にいる漱石の手元に線香などあるはずはない。きりぎりすの句の方は、おそらく松山で一緒に暮らした夏、二人して松山の原っぱを散策したのであろう。

子規は、当時、日本に入って来たベースボールに夢中になり、草を跳ねるきりぎりすのごとく遊んだ。

子規は少年のごとき男で、少年のまま生涯を終えた。おそるべき数の人々が彼を慕い、門下生となり、やがて門下生たちは近代文学の中での俳句、和歌の確立を遂げる。その礎を築いたのが子規である。

漱石が文学者となる道標のひとつに子規の存在はあった。

何事もそうであるが、最初に新しいものを創造する人々には或る種共通した気概のようなものがある。しかもその気概には、我欲というものが感じられない。

私は新しい業種（ＩＴとか）を背負って来たらしき人々を知ると、その人たちの面構えを見る。そこに我欲ばかりが目立てば、その世界には限界があると判断する。

それは古い業種もそうである。この数十年、ひどい面構えが（構えさえないか）多いのは、政治家と銀行家である。共通しているのは税金を勝手に使えるくらいに思っている点と情緒の欠けらも知らぬことだ。

人間は情緒、哀切を失えばただの細胞のかたまりでしかない。

この数週間、正岡子規と漱石について書いた自分の拙い文の直しで追われている。

三年間で千枚近くを書いたものを、若い編集者は半分に減らして欲しいと提案する。

じゃ半分の一年半は無駄なことをしていたのか、と憤怒と情無さも湧くが、仕事とは失敗の連続と自分に言い聞かせ、人生にムダなものは何ひとつない、とわかったようなことを口にしつつ、時折、いい加減にせんと仏のわしも怒るぞ、と独り部屋でつぶやいている。

葬儀はやらない

暦が九月にかわって何やらバタバタした。

八月の晦日《みそか》に京都へ行き、毎年参加しているS社の〝ビール飲み大会〟に出かけ、宮川町の芸妓、舞妓さんのビールの飲みっ振りを眺めながら一杯やった。

隣りの席は民主党政権の時代に大臣を歴任したM原氏だった。大臣に就任してほどなく機関士の恰好をしてSLに乗っていたのを覚えている。

やや遅れて着いた氏が芸妓の姐さん、地元の企業の社長に丁寧に挨拶しているのを見て、

——政治家は大変だナ……、

と自分にはできないとつくづく思った。

舞妓たちにも笑って話しかけている。皆顔見知りのように映った。

――お茶屋遊びが好きなのだろうか？　だとしたらやるものだ……。

と人は見かけに寄らぬものだと思っていたら席に着いて、挨拶された。

「ずいぶん芸妓と顔見知りですね。お茶屋はちょくちょく見えるのですか」

「いや、ここは私の選挙区なんです」

あっ、そうか。京都の花柳界で働く人の今の問題点を聞いた。歌舞練場の耐震問題。芸妓たちの年金制度……。

「そうだね。地方《じかた》さんの姐さんなどは一人暮らしで大変そうだものね」

「伊集院さん、ずいぶんと京都の花柳界にお詳しいですね」

「はい。昔、こっちでずいぶんと着物やら家を買わされました」

「えっ、家もですか」

「冗談ですよ」

翌日、二日酔のまま東京に戻り、出版社のK川の会長の古稀の祝いに出席。

「身内だけでこぢんまりやるんで顔をのぞかせて下さいよ」

ホテルに着き会場に入ってみるとゆうに百五十人の出席者で、しかも着席だった。

これがこぢんまりなら、パーッとやりますと言われたらリオのカーニバルくらいになるのだろうか。同じテーブルに東京で私の母替りになって貰っているMさんの娘のT嬢と逢う。少し見ない間に大人になっているのに驚いた。隣りはタレントで小説も書く若者。

「小説を書くのは愉しい？」

「いや大変です」

――そりゃ、そうだろうな。

翌日、仙台に帰り、数日後に家人と上京。

私の本の出版パーティーをしたいと出版社から言われた。断わったが、どうしてもお礼の宴をしたいと言われた。以前なら承諾しなかったが、この頃は周囲が望むことはそうさせておくようにしている。こちらは本当にこぢんまりだが、どなたか挨拶をなさる方は？　と訊かれ、仕方なくS大兄の秘書にスケジュールを訊いた。その日が空いていた。お願いした。私の小説の初期からの読者であり、挨拶の上手さは定評がある。わかった、ぜひ行かせてもらいます、と返事が来た。また借りができた。もう一人挨拶を？　いい加減にせんか。そこでこの欄の一回目からの読者で出版社会長のY氏に頭を下げる。司会はどなたが？　やめようよ、この会。

阿川佐和子嬢に頭を下げた。この三人以外にこちらが招いたのはほとんど身内である。

上級のスピーチを頂き、無事一時間半で終了。会の後、主催して下さったK談社のN社長と二人で食事。

「伊集院さんの偲ぶ会ってこんな感じなんだろうと思いました」

私も会の間、同じことを考えていた。結論としては私が死んでいるにせよ、普段世話になっている人に煩わしいことをさせてはならぬと思った。葬儀は断固やらない。それがわかっただけでも良かった。

翌日がサイン会。いきなり目の前で、

「伊集院さん、婚姻届けを持って来た人は今までいませんか」

「いるわけないでしょうが。重婚でしょう」

翌日、パーティーのお礼のゴルフ会。十六人参加で私以外で百を切った者が一人。三分の二が百五十近く叩いていた。疲れた。

翌夕、赤坂の料亭Sで三浦雄一郎さんと豪太君のエベレスト登頂のお祝いの宴に出席。S大兄夫妻の主催。

八十歳でエベレストに登頂することが私には想像ができない。

朋子夫人と娘の恵美里さんから花のお礼を言われる。

「母は伊集院さんの花が本当に好きで、顔をポーッとさせていつまでも見つめています」

その話を隣りで聞いていたS大兄が曰く。

「朋子さん、次のチョー・オユー大滑降で何かあったら静さんにあとの面倒は見てもらいなさい。それがいい。三浦さんもこころおきなく冒険ができます」

二日酔が十日余り続いている頭の中で、朋子さんに見送られ、25キロの錘《おもり》が入ったリュックサックを背負って両足に10キロの錘で家を出る自分の姿を思い浮かべた。

ポケットに入れてしまえば

人が人を許すことについて、友人の亡くなった奥さまが作った俳句を改めて紹介する。

許すとは高き姿勢や夾竹桃《きょうちくとう》

私はこの句のとおりだと思う。人が人を許すという行為にはどこか相手を上から見ている態度、雰囲気が感じられることがある。さらに言えば、心底相手を許しているのだろうかと勘ぐりたくなる時もある。人が人を許すということは、さほど厄介なものなのだろう。

友人のキリスト教の信仰者にも訊いた。

「なぜあなたは許せないと思っていた人を、そうやって許すようにしているの？　心底、その相手を許しているの？　時折、許せない行為や、その時の相手の態度を見て、腹立たしくなったりしないの？」

「それは勿論、こころの底ではその人のした行為を思い出して腹立たしくなったり、憎んだりする時はありますよ。信仰者だとわかったようなことを言っていても私も人間ですから。けれど私がその人を許すのは、イエスさまもパウロさまも人を許しているからです。だから私も主がなさるように、聖人がなさるように許すのです」

なるほど信仰者はシンプルである。

信じている方々《かたがた》が手本となり、教典の中にあるように相手を許せば済むのである。

ところが私のように定まった信仰や何か生き方の手本となるものを持たない大勢の日本人は、そう易々と人を許すことができないのが普通であろう。

許すということがそれほど大変であるのなら、許すことができる方法を考える前に、そもそも許されない行為がどんなふうに自分の前で起こり、許されない相手がどうやってあらわれたかを考えてみるのも答えを見つける方法かもしれない。

先述の信仰者が、こういうふうに言った。

『そりゃ、私だって人間ですから、腹が立ったり、相手を憎んだりしますよ』

——私だって人間ですから。

どうやらこの言葉に、許されない行為や許せない相手が生まれる火元があるのではなかろうか。

「どういうことでしょうか？」

私が思うに、人は誰でも生きて行く限り、許せない行動や許せない相手と、必ず出逢うのではないか。

「私、そんな不愉快な目に遭ったことは一度もありません」

そう言う人と私はまだ逢ったことがない。

つまり女性なら、ご主人や恋人、友人が自分を裏切ることに近い行為を一度ならずされているのが、生きることなのではないか。

それが大なり小なり、その人を傷つけたとすれば、傷つかない人生はこの世に存在しないのではないか。この考えがすべて当たっていなくとも、身に覚えのある人はたくさんいると思う。生きている限り、許せないものに出逢ってしまう。許せないものに出逢うのが生きることである。

以前、さまざまな不幸をかかえている人が世間の半分以上だろうと書いた。

それでも人はきちんと生きようとする。どんなに精神がまいったとしても、いつか立ち直って再出発できるのが人間だとも書いた。

心身が元通りになるには個人差があるので、どうすれば早く恢復するかは私にもわからない。ただひとつ言えるのは、どんなに哀しく辛くとも、人はそれを内に仕舞い、平然と生きている。これが大切なのではないか。

〝人はさまざまな事情を抱えて、それでも平然と生きている〟

許せないのなら、私は許さなくていいのではないかと思う。今日の午後、あらたに許せないものと出逢っても、これは私には許せないナ、とつぶやきポケットに入れてしまえばいいのではないか。

大切なのは、許せないものをわざわざ目の前に引っ張り出して凝視しないことである。許せない自分だけがダメな人ではなく、皆それをかかえて生きていることを知ることである。

いつか許せば、それはそれで生きる力になるのだろうが、許せないものも人のこころの中で何かしらの力になっている気がする。

【著者略歴】

◉1950年山口県防府市生まれ。72年立教大学文学部卒業。

◉81年短編小説『皐月』でデビュー。91年『乳房』で第12回吉川英治文学新人賞、92年『受け月』で第107回直木賞、94年『機関車先生』で第7回柴田錬三郎賞、2002年『ごろごろ』で第36回吉川英治文学賞をそれぞれ受賞。

◉作詞家として『ギンギラギンにさりげなく』『愚か者』『春の旅人』などを手がけている。

◉主な著書に『白秋』『あづま橋』『海峡』『春雷』『岬へ』『美の旅人』『羊の目』『スコアブック』『お父やんとオジさん』『浅草のおんな』『いねむり先生』『なぎさホテル』『星月夜』『伊集院静の「贈る言葉」』『逆風に立つ』『旅だから出逢えた言葉』『ノボさん』。

初出　「週刊現代」2012年11月24日号～2014年3月1日号
単行本化にあたり抜粋、修正をしました。

許《ゆる》す力《ちから》　大人《おとな》の流儀《りゅうぎ》4

二〇一四年　三　月一〇日第一刷発行
二〇二三年一二月一二日第六刷発行

著　者　伊集院静《いじゅういんしずか》　

発行者　髙橋明男
発行所　株式会社講談社
東京都文京区音羽二丁目一二―二一　郵便番号一一二―八〇〇一
電　話　編集　〇三―五三九五―三四三八
　　　　販売　〇三―五三九五―四四一五
　　　　業務　〇三―五三九五―三六一五
印刷所　TOPPAN株式会社
製本所　大口製本印刷株式会社
定価はカバーに表示してあります　Printed in Japan

N.D.C. 914.6　190p　18cm
ISBN978-4-06-218897-5